小説

岡山県立津山高等学校

山本 昇

この小説に登場する人物は架空の人物でありフィクションです。

目次

プロローグ

津山駅に降り立つと、あの頃と変わらない、街の匂いがした。

プライベートでこの地を訪れるのは、何年ぶりだろうか。今晩は津山鶴山ホテルで、我が母校の恩師である坂出先生の退職二十年記念祝賀会が行われる。

私は今、貿易会社のオーナーとして世界中を飛び回っている。日々、仕事に追われ忙しく過ごしているが、今でも青春時代を過ごした津山のことは、いつでも心の片隅に忘れずに残っている。

駅舎は昔と変わらないどころか、むしろ寂れているといった印象だった。重いスーツケースを押しながらエレベーターを探してみたが見つからない。仕方ない、階段にするか。諦めて、地下通路まで階段を利用することにした。改札までは昇り階段である。今度はエスカレーターを探してみるが、やはりない。津山市は、岡山市、倉敷市に続く、岡山県下第三の都市。街の玄関口、顔であるべき津山駅なのに、階段しかないという現実に私は狼狽えた。

年寄りはどうするのだ。障害者、車いすの人はどうするのだ。バリアフリーが当たり前の現在であまりにもひどい。不満が後を絶たない。

スーツケースには持参した本がたくさん入っていて重い。

このままでは到底一人では運べない。どうしたものかと立ち往生してしまった。

「何かお困りですか？」運よく近くを通りかかった駅員が声を掛けてくれた。

「スーツケースが重くて階段を昇ることができないんです」

「そうですか、お任せください。改札まで私がお運びしますよ」

恐らく二十代半ばであろう駅員は軽々とスーツケースを持ち上げ、階段を昇った。この若い駅員のお陰で、何とか階段を昇り改札にたどり着いた。

「改札はあちらになります」

「ありがとう、助かりました。それにしても津山駅にはエレベーターもエスカレーターもないとは驚きですね」

「ええ、階段しかないんです……」と何とも歯切れの悪い返答をする駅員だった。

とりあえず改札を出る前にトイレに行こう。あたりをキョロキョロして探してみたが見つからないので、駅員にトイレの場所を聞いてみた。

「駅構内にトイレはないんですよ」

「じゃあどこで用を足せばいいんですか？」

「次からは、トイレは列車の中で済ませるようにしてください」

申し訳なさそうな顔で答える駅員に、私は唖然とした。しかも、それだけでは終わらない。岡山駅からスイカを利用したが、津山駅では使用不可とのこと。

「岡山駅の改札では使用できたではないか」と問い詰めると、駅員は益々恐縮してしまう。津山駅では使用できないとのこと。しかも間違い使用の手続きは岡山駅でやれという。

高校時代から全く変わっていない。あまりにひどい。市民や利用者は怒らないのか。憤慨して改札を出ると、駅前広場はずいぶん整備されてきれいになり、ＳＬと箕作阮甫（※1）像が並び建ち、私を迎えてくれている。しかし、見かけだけきれいにしても意味がない。

新幹線を乗り換えた岡山駅には、「津山まなびの鉄道館」（※2）の写真が壁面に大きく掲げられていた。私がいた頃は廃墟のような機関車庫がぽつんと建っていたが、これも整備されて今や津山の人気スポットになっているらしい。ポスターを見ると、あの京都梅小路にある扇形機関車庫に次いで全国で二番目の規模を誇る。姫新線・津山線・因美線が結節する地であるため、津山駅は地方都市にしては規模の大きな駅である。周辺にも貴重な鉄道遺産が眠っているらしい。その津山駅に、エレベーターも、エスカレーターも、駅構内にトイレもなく、イコカ、スイカも使えない。

時が完全に止まっている。五十年前と同じである。

そして駅前広場には若かりし日の阮甫先生像。津山の人達が子供の頃から学ぶ偉大な学

津山駅改札口
津山線、姫新線、因美線が交わる岡山県北の要

者である。阮甫先生は心の中で泣いていられるに違いない。

津山は、岡山県の東北部に位置する、人口十万人の街でありながら、宇田川家（※3）や箕作家（※4）の人達をはじめ数多くの洋学者を輩出した歴史ある学問の地である。その流れは今も受け継がれており、顕著な実績は岡山県立津山高等学校（※5）の存在なくして語れないだろう。

岡山県立津山高等学校は、一八九五（明治二十八）年に開校した岡山県津山尋常中学校を祖とする、百二十五年以上の歴史ある誇り高きわが母校だ。校舎は国重要文化財にも指定されており、学業の面でも東大や京大合格者を毎年のように出している、地域一番の名門進学校である。

私は京都からの転入生だったので、たった二年しか在籍しなかったが、津山高校で過ごした二年は自分の人生の中でも最も濃密な二年間であった。お世話になった先生、ともに切磋琢磨したクラスメイトや後輩達は、還暦を間近にした今でも連絡を取りあっている。

夜の祝賀会まで、だいぶ時間がある。私にとって、こんな時間があるのも珍しい。本当は京都の自宅を昼過ぎに出るつもりであったが、今日は興奮からなのか、なぜか目が早くさめてしまったのだ。

久しぶりに、津山の街をのんびりと散策してみようか。時計は十一時過ぎを指していた。

昼食をとろうと、ロータリーに出てタクシーを探した。行き先は橋野食堂（※6）だ。

ここは、私が学生時代によく通っていた昔ながらの食堂である。タクシーで駅前通りを走ったがシャッター街が延々と続く。にぎやかな昔の面影は全くない。横須賀市が駅前シャッター街で日本一酷いと言われているが横須賀市より酷い。全国ワーストシャッター街ではないか。はじめて津山に来た人には死んだ街にしか映らないだろう。

誰がこんな街にしたのだ。と憤りを感じている間に、懐かしい橋野食堂に到着した。店構えは四十数年前と少しも変わらないが、なんと行列ができているではないか。この津山で行列を見るなんて初めての経験である。聞くと、皆「ホルモンうどん」を食べに来たのだという。

二十分ほど待って中に呼ばれた。一人の私は鉄板の前のカウンター席に案内された。目の前では一見こわもての体格いい店主らしき人物が手際よくホルモンうどんを焼いている。香ばしいタレの匂いが店中にたち込めて食欲をそそる。客は全員ホルモンうどんを貪るように食べている。

「ホルモンうどんは普通とピリ辛、激辛がありますが」と店主。

いや、違う。ここの定番は豚焼きだ。それと大盛りの飯とみそ汁。これが私の青春飯だ。

「あのー、豚焼きとみそ汁、ご飯は少なめで」私は少し遠慮がちに注文した。

ん？　という顔で店主が私の顔を見る。

駅前ロータリー

駅前には稲葉浩志さんの
「2017年津山凱旋コンサート」記念看板

津山藩の洋学者、箕作阮甫像と津山線で活躍したSL

津山まなびの鉄道館
扇型機関庫と転車台
が見どころ

「はい、少しお待ちくださいね」こわもての顔がゆるんだ。

「お客さんは地元の人？　あまり見かけないけど」と店主が焼きながら顔も上げずに尋ねてくる。

「高校時代、近くに下宿があってよく来てたんですよ。もう大昔の話ですけど」

「そうかな。豚焼きを注文する人なんて、今はほとんどおらんけんなー。ほんなら、オヤジがやってた頃じゃなー。私は自衛隊におって遠くに出とったんじゃけど、オヤジが亡くなったもんで十数年前に帰ってこの店を継いだんです」

懐かしい豚焼きが前に出された。あの頃と味が少しも変わっていない。

「そー、これこれ」私は一気に平らげた。

「でも、高校時代、ホルモンうどんなんて聞いたこともなかったです」

今まで忙しく焼いていた手を止めて、店主が久しぶりに顔を上げてにこりと笑う。

「そうじゃろう。昔から食べとったけど、ホルモン焼きの締めでうどんを入れとっただけじゃから」

「彼らのおかげじゃな」

「彼ら？」

「津山ホルモンうどん研究会（※7）。それからB－1グランプリ（※8）よ」

私は、自宅でNHKを見ていて、津山が紹介されていたのをおぼろげに思い出した。市役所の観光課長がさびれた商店街を歩きながら、食による地域づくりについて語っていた。研究会の話も何度も耳にしている。

再び大量のホルモンうどんの注文を受けた店主は、汗をひと拭きして、鉄板に向かった。そしてそのまま、少し小さな声で語り出した。

店を継いだ頃は地元のお客さんだけでずっと経営は苦しく、店を閉じて転職しようとハローワークに夫婦で通っていたこと。ホルモンうどんで町おこしをしたいという何人かが店に来て、焼き方やたれの作り方、店の歴史などを熱心にメモしていたこと。

「私も半信半疑でな。ホルモンうどんで町おこしとは。まさかこんなことになるとはなー」

店主は顔を左右に何度か振った。

「B-1グランプリという大会があってな。津山ホルモンうどん研究会は初出場で三位に入ったんじゃ。その週末じゃったかな、店を開けようと外に出てみたら行列ができとった」

「私も京都にいて津山ホルモンうどんのことは耳に入ってましたが、そういうことだったんですか」

「その後も彼らはB-1グランプリに出続けて、津山ホルモンうどんはすっかり有名になってな。今ではうちの店も九割以上がホルモンうどんの注文よ」

店主によると、研究会は、市民のボランティアグループだという。しかし、活動当初は、「ホルモンで町おこしなんて!」と地元から相当の反発を受けてたらしい。

津山がすっかりさびれて哀しい思いをしていた私だが、頑張っている人達もいるんだと、少しホッとした気分になった。次に来た時は必ず津山ホルモンうどんを食べると店主に約束をして、再び津山駅に戻った。直接、ホテルに向かうのもありだが、まだ時間もあるし、久しぶりに駅から市街地へ歩いてみたかった。

「あの」

駅を出たところで、背中に微かな少女の声が聞こえた。振り向くと、長い髪を後ろで結わえた、瞳の大きな少女が立っていた。

月子か？

ふと、その少女に昔の知人の面影を感じ、狼狽えた。しかし、すぐ我に返った。

「どうしたの、お嬢さん」

「すみません、道を教えてほしいんです」

少女はにっこり微笑んだ。このあたりでは珍しい、どこか垢ぬけた雰囲気の女の子だ。もしかしたら、この津山市出身である稲葉浩志(※9)君のファンで、実家のイナバ化粧品店(※10)を訪ねてきたのか。余談であるが稲葉浩志君の兄貴の伸次君は私の仲間であり、高校の一年下の小坂田君や、稲葉浩志君と幼稚園から高校まで同級生であった幼馴染の明楽君らと共に例の津山ホルモンうどん研究会を立ち上げた中心メンバーの一人である。この時は、後に彼らと一緒に本格的な津山の再起動、新たな地域再生活動を行うようになるとは思ってもみなかった。

彼女の年齢は十二〜十三ほどに見えた。となると、B'zは年代的に違うだろうか。もしやお笑いファンなのか。

「道？　もしかして、次長課長の河本（※11）君の家を訪ねてきたのかい？　残念ながら彼の実家はもう津山にないよ」

「違いますよ」

「じゃあ、オダギリジョー（※12）君のファンか」

「どちらも違います」

次長課長の河本準一君とオダギリジョー君は、ともに津山で幼い頃を過ごした小学校の同級生同士だそうだ。河本君は以前、津山のご当地映画『ホルモン女』（※13）にも出ている。

「私、津山高校に行きたいんです」

少女は、まっすぐ透き通った瞳で私を見た。

「津山高校？　お嬢さん、津山高校生かい」

「いえ、私はまだ小学生なんですが、来年、津山中学校を受験しようと思うんです」

「津山中学校？」

「先生はムリだっていうけど、本当に憧れていて……。見学に来たんですけど、地図がわかりづらくて」

ミシュラン掲載店　橋野食堂

津山ホルモンうどん

そうだ確か、津山高校は平成二十七（二〇一五）年に中学校が併設されて、中高一貫校になったのだ。変化に寂しさをおぼえつつも、津山高校に憧れを持つ若者が地元に変わらずいるという事実に私は嬉しくなった。

「ちょうどよかった。私もそのあたりまで行こうと思っていたんだ。もしおじさんでよければ、津山高校まで案内するよ」

「いいんですか？」

「私も津山高校出身でね。京都に住んでいるんだが、今日は当時の先生のお祝いの会でここに来たんだよ」

「やったー、ラッキー！」

少女は飛び跳ねて喜んだ。このご時世、見ず知らずの少女を連れて歩くことに多少は抵抗があるのだが、どこか親近感が沸いて、ごく自然に道案内を申し出ていた。まだ合格はしていないが、少女の内面からにじみ出る生真面目な雰囲気がそうさせたのかもしれない。少女の名は星花と言った。話を聞くと案の定、彼女の家族は祖母の代から津山高校の出身なのだそう。

「小さい頃から、お父さんとお母さんに私は津山高校に行くんだって聞かされ続けていたんです。最初は押し付けられてるようで嫌だったけど、学校案内を見てたらすごい学校なんだって思っていきたくなっちゃったんです」

「なるほど。たくさんの偉い人の出身校だからね」

「じゃあおじさんも、偉い人なんですか？」

「いや……そうでもないが」

「おじさん、赤くなってますよ！」

星花ちゃんは無邪気に笑った。私は世間的にはそれなりの地位にあるのかもしれないが、津山が輩出した数多の先輩方に比べるほどではない。


吉井川（※14）にかかる今津屋橋（※15）を通り過ぎ、鶴山通り（※16）をずっと北に進む。鶴山通りにある今津屋橋商店街は津山でも一番賑やかな通りだった。しかし現在は廃れてしまっている。昔の面影は全くない。

右手前方には津山城跡（※17）の豪壮な石垣が聳えている。はじめて津山に来た人はその規模に驚く。国宝の姫路城と遜色ない規模であり日本三大平山の城の一つである。一般的には鶴山公園（※18）と呼ばれるが、地元ではお城山と呼ぶ。

星花ちゃんを時折案内しながら、私達は津山高校に向かっていった。

「ここは、四月には桜が綺麗に咲くんだ」

「知ってます！　去年、お祖母ちゃんとさくらまつり（※19）に来ました」

「星花ちゃんのサクラも咲くといいね」

「おじさん、うまいこと言いますね」

鶴山公園の桜というと、高校に転入してきた頃はじめて見た桜を思い出す。帰り道、あまりの美しさに見とれて、そのまま自転車ですっ転んでしまったっけ。あの頃は、よそ見していた自分が悪いのに、転んだのを桜の花の美しさのせいにしていた。

胸の奥がチクリと痛む。津山高校に通っていた頃、風貌は大人びていたが、私の心は幼く、まだ未熟だった。あの時に比べれば、私は成長しているであろう。大きくなっているであろう。そう胸を張れる自分であることが誇らしい。津山高校に、今の自分を見せたい。

「おじさん、ちょっと歩くの速いですよ」

私の歩の進みは、心なしか速くなっていたようだ。

「ごめん、気持ちがはやってなあ。そうそう、右の方を見てごらん。つやま自然のふしぎ館（※20）って看板が見えるでしょ」

「うん、あそこも知ってる。去年来たよ。一日かけても全部見られないくらいたくさんの動物や岩石なんかが展示されてる。珍しい動物のはく製や人体標本もあるんだよね」

うんうんと、私は星花ちゃんに相槌をうつ。

城北通り（※21）と交わる交差点を過ぎ、ふたつ目の路地を左に曲がる。少し歩くと、校舎が見えてくるはずだ。

津山城の満開の桜0158©津山市 CCBY4.0

津山城（鶴山公園）

津山城の桜（ドローン）0157©津山市 CCBY4.0

「おじさん、もしかしてあれは……？」

星花ちゃんが白い塀沿いに足早に駆け出す。私も、年甲斐なく、そのあとを走って追いかける。

「そうだ。ここが私の母校、岡山県立津山高等学校だよ」

「すごい……カッコいいね」

門の前に、我々は立ち、校舎を見上げる。

旧校舎はあの頃と変わらず、凛として、凄然と建っている。高校では今、終業式が行われているらしい。耳を澄ますと、講堂から懐かしい校歌（※22）がかすかに聞こえてきた。

名も美作のうまし国
ここ高原に新しく
文化の華を咲かせむと
群れつどひたる若人等

いま新生の朝ぼらけ
意気高らかに培へば
東風吹く空に芳しく

はやほころぶる山桜
万朶に光照り映えて
花爛漫と開く時
われら郷土の誇ぞと
道行く人も仰ぎ見む

聴け城山の常磐なる
松ゆるがして鳴る鐘も
母校の栄を祝ぐ如く
久遠の空にひびけるを

津山　津山　津山高校

瞼を下せば、あの頃の自分がよみがえってくる。

岡山県立津山高等学校正門
イタリアルネサンス様式をモデルとした優美な外観は見る者の心を捉える

箕作阮甫（※1）
みつくりげんぽ。寛政11年（1799）―文久3年（1863）。津山藩医、洋学者。幕府天文台翻訳員となり、ペリー来航時やロシア使節プチャーチンの来航時に外交文書の翻訳や交渉に活躍した。開国後は幕府によって開設された蕃書調所（洋学の研究・教育機関）にて初代首席教授に任ぜられる。蕃書調所はいくつかの変遷を経て、のちに東京大学になった。

津山まなびの鉄道館（※2）
国内に現存する扇形機関車庫の中で2番目の規模を誇る「旧津山扇形機関車庫」や「転車台」があり、扇形機関車庫には貴重な鉄道車両13車両が収蔵されており、施設内には鉄道ジオラマや鉄道の歴史と変遷を学べる展示室などがある。

宇田川家（※3）
うだがわけ。宇田川家は代々漢方医の家系であったが、玄随のとき蘭方医に転向した。玄随は西洋内科学を日本に紹介し、洋学は養子の玄真、榕菴へと受け継がれ、医学から自然科学へと宇田川家の家学を完成させていった。この三代を特に「宇田川三代」といい、その功績は明治以降の近代科学の発展に大きな影響を与えた。

箕作家（※4）
みつくりけ。津山生まれの藩医・箕作阮甫は、幕府の対米露交渉団に随行するなど、日本外交に力を尽くした。世界の地理や歴史の研究など学術の方面から、激動する幕末期の日本を支えた。「蘭学」が「洋学」へと移っていく時代である。彼の子孫からも数多くの逸材が出て、近代日本の礎となった。

岡山県立津山高等学校（※5）
明治28年（1895）岡山県津山尋常中学校として創立。その後、岡山県立津山高等学校となった後、岡山県立津山女子高等学校と合併して、現在は岡山県立津山中学校・高等学校となっている。政財界文化人、数多くの著名人を輩出し、国公立大学合格者は卒業生の50％にのぼる。明治33年（1900）に落成した旧本館は国指定重要文化財となっている。

橋野食堂（※6）
創業120年の地元の名物食堂。旧街道沿いにあり、最寄りは東津山駅。近年は津山市の名物「ホルモンうどん」の名店としてテレビや雑誌にも取り上げられている。2020年ミシュラン岡山版にも掲載。岡山県津山市川崎549-9　TEL 0868-26-0502　営業時間や定休日などはお店まで要確認。

津山ホルモンうどん研究会（※7）
津山市民有志によるまちづくり団体。平成17年（２００５）に結成。ホルモンうどんマップ作製や各地への出展を通じて、津山の牛肉文化の発信に努める。平成21年（２００９）の「第４回Ｂ－１グランプリｉｎ横手」に初出場で3位に入賞。第6回の姫路大会では準グランプリに輝いた。

Ｂ－１グランプリ（※8）
正式名称は、「ご当地グルメでまちおこしの祭典！　Ｂ－１グランプリ」。ご当地グルメで自分たちの「まち」を全国にＰＲし、「まち」への誘客を目標に、市民グループが日々の活動の成果を披露するイベント。各出展団体の料理を食べた来場者が投票する箸の重量で順位が決まる。平成18年（２００６）に青森県八戸市で第1回が開催され、以降、静岡県富士宮市、福岡県久留米市、秋田県横手市、神奈川県厚木市、兵庫県姫路市、福岡県北九州市、愛知県豊川市、福島県郡山市、青森県十和田市、兵庫県明石市で全国大会が開催された。

稲葉浩志（※9）
いなば　こうし。昭和39年（１９６４）生まれ。津山市出身。岡山県立津山高等学校卒業後は横浜国立大学に進学し、松本孝弘とともにB'ｚを結成する。ヒット曲を連発し、今も第一線でボーカリストとして活躍する。現在も津山とのつながりは深く、津山市の市勢要覧や、津山高校、「津山国際環境映画祭」に津山への思いを寄稿。平成12年（２０００）に津山市民栄誉賞を受賞。洋学資料館で展示紹介されている原村元貞（はらむら・げんてい）——種痘普及に尽くした産科・小児科の名医（岡山県勝央町石生出身）——は祖先。

イナバ化粧品店（※10）
津山市川崎にある稲葉浩志氏の実家。実兄、伸次氏（津山国際環境映画祭実行委員会会長）の経営する和菓子店『くらや』と共に、全国のファンの間では聖地として観光スポットとなっている。稲ママが全国からのファンを温かく迎えている。
●その他人気の聖地スポット『１７８ＮＥＷメモリアルロード』
・１７８津山ファンクラブルーム（リストワールホテル津山）／津山市上之町１４０－４
※美味しい「美都津山珈琲」と、くらや特製ワッフル&１７８どら焼きが楽しめる
・美都津山庵&リストワールカフェ／津山市中之町８－１　ＴＥＬ ０８６８－３１－０１７８
・津山美都地区リストワール小路（福田屋小路）専用駐車場「稲葉さん大型看板」
・津山街デザイン創造研究所アトリエ／津山市上之町１４０－３　ＴＥＬ ０８６８－２０－１７８１

次長課長の河本（※11）
河本準一（こうもとじゅんいち）。昭和50年（１９７５）生まれ。お笑いコンビ次長課長としてテレビで活躍する人気タレント。津山へは9歳から12歳まで過ごした。小学校時代の同級生オダギリジョー氏とともに令和3年（２０２１）「津山国際環境映画祭」で津山凱旋。

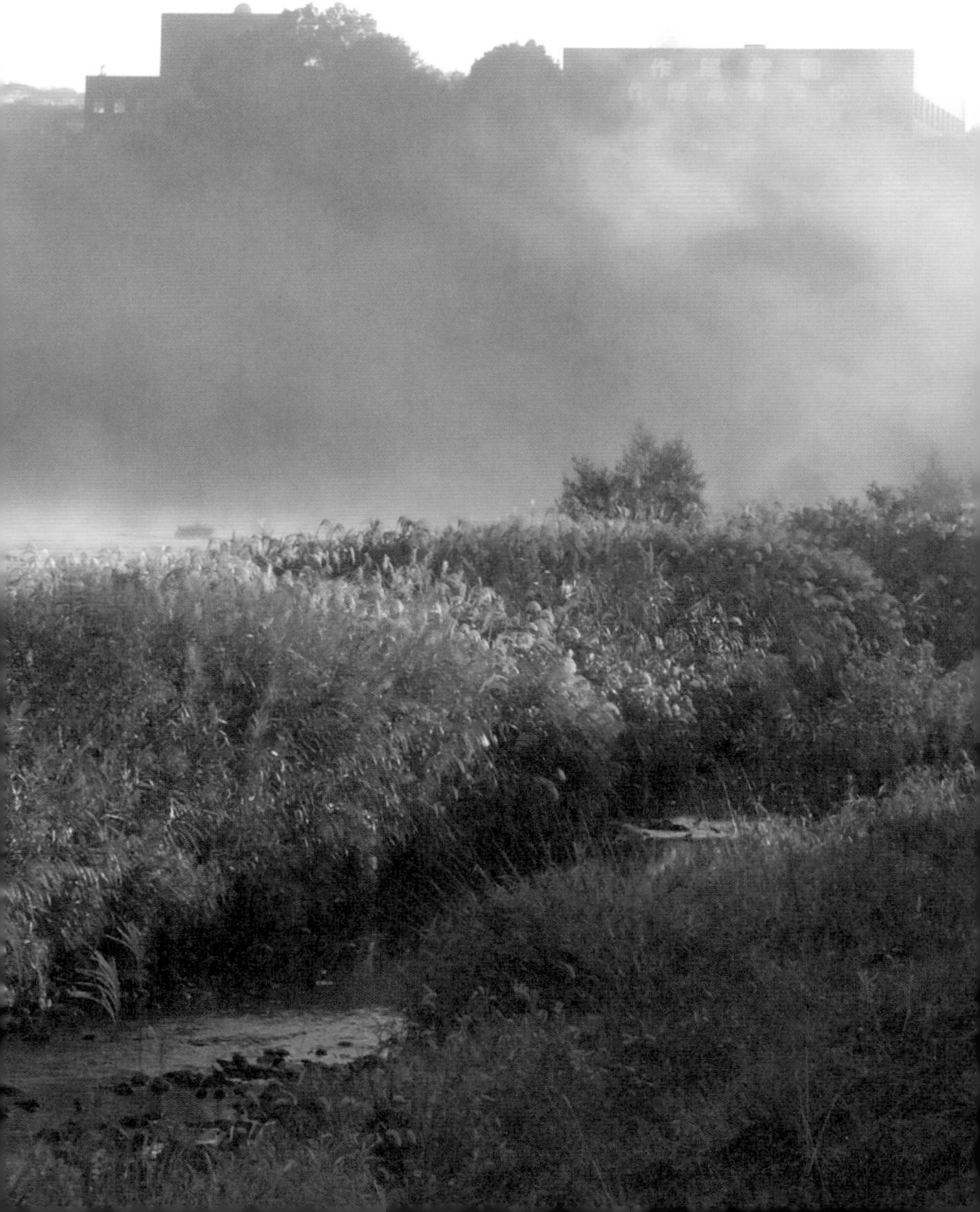

朝霧のかかる吉井川
霧は冬の津山の風物詩

オダギリジョー（※12）
昭和51年（１９７６）生まれ。テレビドラマや映画で活躍する俳優。代表作として映画『血と骨』（日本アカデミー賞・最優秀助演男優賞）、ドラマ『家族のうた』など。河本準一氏とは小学校時代の同級生であった。令和3年（２０２１）「津山国際環境映画祭」で映画監督として津山凱旋。

ホルモン女（※13）
第3回沖縄国際映画祭「地域発信型映画」の1作として上映された津山のご当地映画。〝津山ホルモンうどん〟を広めるべく奮闘する女性が主人公。河本準一氏は主人公をサポートする重要な役回りである。主演・山下リオ、監督・遠藤光貴。

吉井川（※14）
岡山県東部を流れる川で、旭川、高梁川と並び、岡山三大河川の一つとされている。津山市中心部を流れ、夏には沿岸で花火大会も開催される。

今津屋橋（※15）
津山駅から鶴山公園方面に向かう際に吉井川に架かる橋。南側の津山駅方面と市中心部とを結ぶ大変重要な大橋である。渡った後につながる津山のメインストリート・今津屋橋商店街は、ごんご通りという通称にちなみ（津山市では河童のことを「ごんご」と呼ぶ）、カッパのモニュメントが多数ある。

鶴山通り（※16）
津山駅を出てすぐ、今津屋橋北端に接続する岡山県道３９４号大篠津山停車場線からまっすぐ北上する通り。津山市中心部を南北に縦断する主要道路であり、今津屋橋商店街も含まれる。

津山城跡（※17）
初代津山藩主・森忠政（森蘭丸の弟）が元和2年（１６１６）に12年の歳月をかけて築いた平山城。明治の廃城令にて取り壊されるも、平成17年（２００５）に築城４００周年を記念して備中櫓が復元された。ＪＲ津山線、津山駅下車、徒歩15分。一帯は鶴山公園として親しまれている。

鶴山公園（※18）
かくざんこうえん。津山城跡を要した津山のシンボル的な公園。津山の地名の由来にもなった鶴山（つるやま）という小高い山の上にある。春は桜の名所として有名で、全国から観光客が押し寄せるほど圧巻である。「日本さくら名所100選」にも選ばれた。

さくらまつり（※19）

毎年4月1日から4月15日まで開催される鶴山公園の祭。出店も多く、花見客が多数訪れる。ぼんぼりの灯や、石垣のライトアップもあるため、期間中は夜桜も楽しめる。

つやま自然のふしぎ館（※20）

世界の希少動物約800種のはく製を中心に、蝶や昆虫、貝類、日本各地の鉱石、化石類などを展示する自然科学の総合博物館。

城北通り（※21）

鶴山公園の北を通る道路。鶴山通りと交わる交差点を通過すると、西側は城西通りと呼ばれるようになる。

校歌（※22）

昭和26年（1951）年に制定。作詞・矢野峰人、作曲・佐藤吉五郎。矢野は津山高校の前身・津山中学の卒業生である。佐藤は現・岡山大学の教授であり、「津山民謡」や「津山市民」の歌の作曲者として知られている。歌詞の一部にエリート意識を現した箇所があり、議論になった歴史がある。

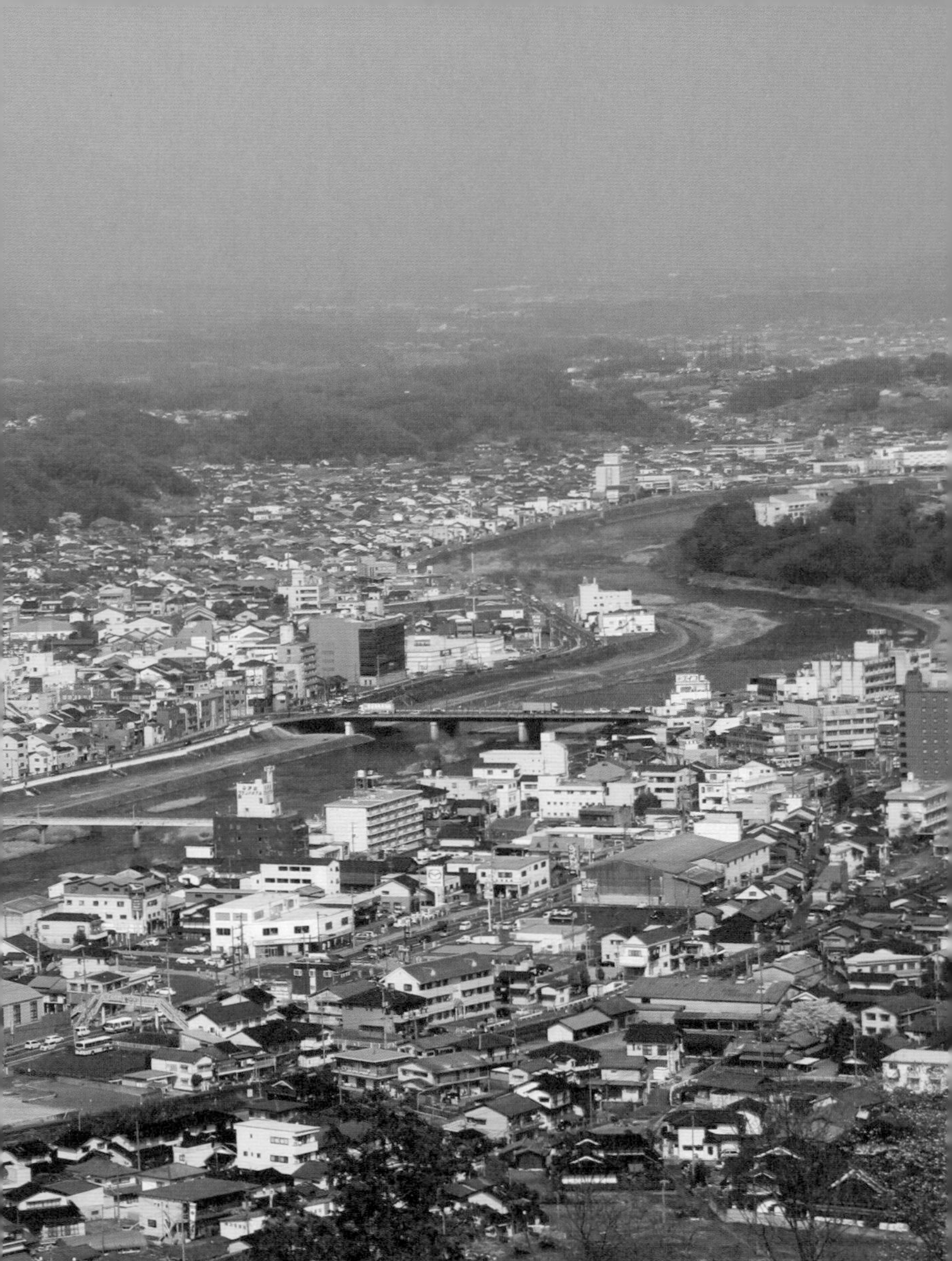

神南備山展望台から眺める津山市街
周囲を中国山地に囲まれた津山盆地、手前に吉井川、中央に桜で有名な津山城（鶴山公園）

第一章　京都から来た問題児

岡山県立津山高等学校……。

目の前に堂々と建つその建物に、俺はしばし見とれていた。明治三十三（一九〇〇）年、今から八十年も前に建てられたという校舎ではあるけれど、よくあるコンクリづくりの造形物とは一線を画すほど、超然として気高い。

白く塗られた木造の校舎、中心の時計台、縦長で上部に屋根のついた窓……レトロというお洒落な語感で済ませるのは失礼すぎる。

その場だけ、明治時代から時が止まっているような、そんな気がした。

「この俺にふさわしい学校だな」

誰も聞こえないように、ふっとつぶやいた。

……はずだったが、気が付くと登校中の周囲の生徒達が、俺を避けて歩いていた。聞こえていたのか？　いや、そんなことは……。

でもまあ、仕方ない、制服の違う生徒が門の前に仁王立ちでいるんだもんな。

「京都府立城南高校から転校してきた、山本翔太君じゃ」

登校初日の事務手続きを終え、担任となった坂出先生に連れられて、二年一組に入る。

先生は壇上で俺を簡単に紹介した。

「上之町で下宿屋を営んでいるご親戚のもとから通学をするそうじゃ。学校のことや地域のことなど、わからないこともあるだろうから、皆すすんで教えてあげるように」

「山本、何か一言あるかい」

先生は俺の背中を押し、挨拶をするよう促した。

にやりと笑い、教室を見渡す。実はこの状況を想定して、そこそこ気の利いたスピーチをひそかに考えてきていたのだ。

しかし——。

クラスメイト達が俺に向けていた視線は予想外のものだった。まるで動物園のサルを見るような好奇な視線。どこか見下した、珍しいものを見る冷たい目で観察するように俺を眺めていた。

なんだ、こいつら……。

その冷たさに怖気づいてしまった俺は、「よろしく」と頭を下げただけで、あてがわれた窓際後方の席へと静かに座った。

おかしいな、と首をかしげた。転入生・転校生というと、もっと皆からちやほやされる

春名酒店
古布 色々
横野和紙
あります

城東町並み保存地区

のではなかろうか。もしかして、高校二年という中途半端な時期からわざわざ両親と離れた土地に下宿するという状況に、いらぬ詮索を抱かせてしまったのか。

俺がこの津山高校に転入してきた理由は言うまでもない、ただ、この津山高校に入り、津山高校生になりたかったからだ。

大阪、天王寺の鉄道病院で生まれて、十三近くの大阪市立木川小学校へ入学、そして大阪万博が開催された年は、地元の吹田市立山手小学校に転校。音楽の英才教育を受けた。地元の小学生として開会式に鼓笛隊の一員としてトランペットや、オーケストラの一員としてバイオリンを弾くためだ。

そして小学六年生の時に、京都府久世郡久御山町の御牧小学校に転校した。京都市伏見区に隣接、『平家物語』の宇治川の先陣に出てくる地域だが、一学年五十人しかいない。隣は京都競馬場で有名な京都市淀地区。当地域では近郊農家が多く、大学に行かれると後を継がなくなるということで勉強よりも、腕力が重視される地域であった。吹田の小学校でバイオリンを弾き、勉強に励むよい子でいるよりも、この淀の地が気性にあった。

当時、俺はクラスで一番背が高く大きかった。腕力でクラスの他の男の子を泣かしていた。吹田の時代は剣道を習っており、敵なしだった。小学校から帰宅途中、淀中学生に待ち伏せされ、ボコボコに殴られ、田んぼに埋められた。自力で這い上がって帰宅したが、血だらけで、その姿を見た母親は、地元の淀中には絶対入学させない、と思ったそうだ。母親は俺に大学生の家庭教師をつけた。しかし、その三流大学家庭教師より、俺の方が勉強ができた。その大学生と勉強しているふりをしてゲームに夢中になって遊んでいた。そして、当時では珍しい教育大学付属中学受験をし、見事、落っこちた。母親は落胆した。俺もはじめての挫折だった。

しかし、仕方なく入学した京都市及び久御山町事務組合立淀中学校は楽しかった。この京都の淀地区では(※23)、喧嘩の強いやつが一番尊敬されている土地柄だった。淀中学校から、当時のいわゆる不良高校生が集まる京都市立伏見工業高校(※24)に入学するのが悪のエリートコースであった。どんなに金持ちよりも頭のいい奴よりも崇められていた。

俺はどこぞのお坊ちゃんかと周囲から評されるような優等生顔であったが、体は大きかったため、歩いているだけで喧嘩を吹っ掛けられることが多かった。

「ジロジロ見とったな、ワレ」「見てるけ」「じゃかましいわボケ！　ワシが見とったゆうたら見とんじゃ！」……次の瞬間、拳が飛んでくる。

ただ、歩いているだけで殴られるとは余りにも理不尽なので、俺は応戦する。一通り拳を交わした後、「ワレ、やるな」「ワレもな」と互いの手を取る。そういうのが日常茶飯事であった。小遣いがなくなったら、大勢で京阪電車の入場券を買い、電車に乗る。同志社香里中学等の学生を見つけて「おこづかい頂戴」と言ったら、素直に五百円程度はくれる。「あ

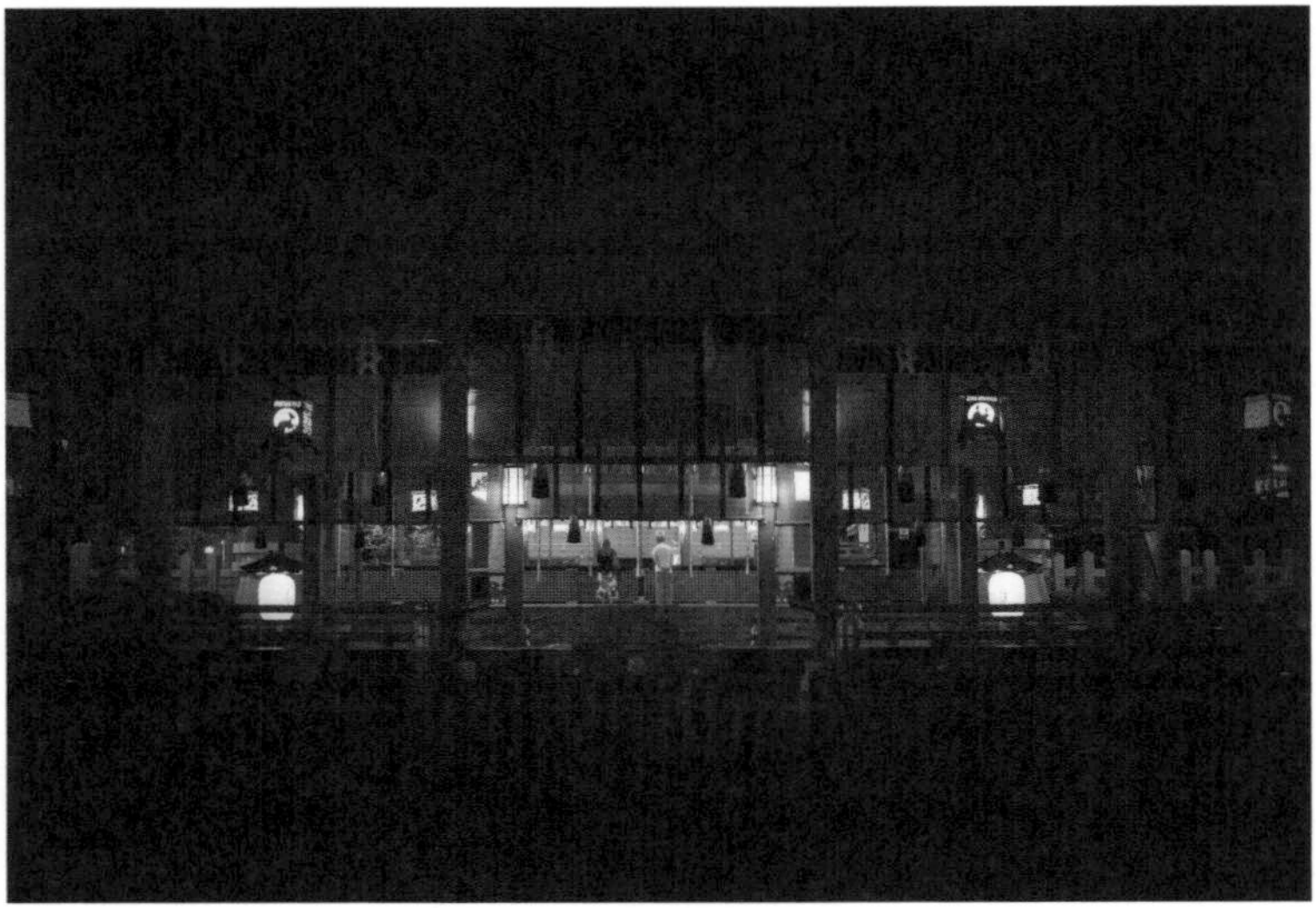

深夜の伏見稲荷大社

京都府立城南高等学校時代

いつらほんまにええやっちゃのう」と本気で皆思っていた。世間ではこれをカツアゲという。

ある時は、淀川の堤防で踏切の遮断機にぶら下がって遊んでいたら、京阪電車の特急が止まり、慌てて学校に戻ったら、「隣の男山中学の生徒が特急止めた」と大騒ぎになっていた。実は、我々淀中バスケット部は、練習着を、西隣の八幡市の男山中学まで遠征して、部室で盗んで来て、そのまま着ていた。胸には男山中学と書いてある、それが見つかったのだ。全員、慌ててそのユニフォームをゴミ箱に捨てた。上半身裸でいると教師が「おまえら鍛錬しとるな」と褒めてくれた。数日後、東隣の西宇治中学との練習試合のために遠征すると、「今日は、淀中の生徒が来るので、大事なものは持って帰ってください」と黒板に書いてあり、新たなユニフォームの調達に失敗して嘆いた。

ある者は、盗んだオートバイを改良して校内を乗り回していた。後にこれと同じシーンをテレビで見た。京都市立伏見工業高等学校のラグビー部をモデルにした大ヒットドラマ『スクール☆ウォーズ』である。

レジャーとしてクラス対抗喧嘩を楽しんでいた。ストレスのない中学生活。しかし毎日血だらけ、すりむいて帰ってくる俺の姿を見て、両親は隣の宇治市の当時の新興住宅街、高台にある南陵町に家を買い、中学三年で隣の宇治市立西宇治中学に転校した。すると転校初日に、パンチパーマをあてた五人の西宇治中生に囲まれた。一人はバット、一人はチェーン、一人はレンガ、二人は麻袋を持っている。

「ワレ、淀から来たんけ」

「それがどないした」

「こないだ、淀のもんにわれらウトロ（在日朝鮮部落。西宇治中に隣接）の連中がボコボコにされたんじゃ。覚悟せいや」

「アホ、俺も今日から西宇治中生やんけ。淀ちゃうやんけ。身内やないけ」

「そやの。そやったら今度、東宇治中に殴り込みに行くからおまえもこいや」

「おう。行ったるやんけ」と言いながら、誰が行くかドアホと心の中で思った。

後日、そのメンバーは本当に殴り込みに行き補導された。しかし彼らとは気が合った。口だけではなく行動に移すのが凄い。後に彼らの仲間の二人が京都商業に進学し野球部に入部。三年目の夏に甲子園に出た。その雄姿をテレビで観戦した。残念ながら栃木県の小山高校に惜敗し、テレビの解説者が「泣くな。京都商業の○○君。来年がある」と西宇治中同級生の名前を連呼していた。しかし○○君は落第していたのだ。年齢制限のある高校野球では来年は出場できない。その後○○君は実家の建設会社を継ぎ大きく成長させた。しかし昨年、残念ながら病に倒れ世を去った。巨人の原監督以上に男前だった。冥福を祈る。

淀からは他にも、元ボストンレッドソックスの岡島秀樹投手、阪神で活躍した片岡篤史選手、ジャンボピッチャーの阪神の服部浩一選手と多くのプロ野球選手を輩出している。

俺の本籍地の岡山県奈義町からはホームラン王の故大杉勝男氏、高校時代の下宿の近くの林田小学校からは広島の福井優也投手、日本ハムの高橋信二選手と、身近なところになぜかプロ野球選手が数多くいる。野球を題材にした児童小説『バッテリー』の著者あさのあつこさんも美作市出身だ。

サッカーも京都府立久御山高校と、津山にある作陽高校は全国高校サッカー選手権で準優勝。作陽高校からは元日本代表の青山敏弘選手、プロゴルファーの渋野日向子さん、そして俳優のオダギリジョーさん、忍者漫画『ＮＡＲＵＴＯ－ナルト－』の作者の岸本斉史さん等、著名人がわんさか出ている。岡山出身ではないが、なでしこジャパンの宮間あやさんは岡山湯郷Ｂｅｌｌｅで活躍した。

話がそれたが、こうした環境下にいたため、自分も喧嘩慣れしていないと言ったらウソになる。ただ、不良劣等生だったというわけではなく、成績はダントツに良かった。それもこれも、母さんの血なのだろうか。俺の母さんは、親父曰く相当の秀才だったのだという。何せ母親も津山高校卒業生だ。

母さんは俺の教育にも力を入れていた。喧嘩に明け暮れていた俺の将来を悲観し、孟母三遷という教えをなぞるがごとく、隣の宇治市立西宇治中学校に転校させたのだ。

これで落ち着いて勉学に打ち込ませることができる……、母さんが安堵したのも束の間、そこには誤算があった。京都府は共産党の政権下で、差別をつけないための京都府独自の高校三原則『小学区制』、『男女共学』、『総合制』があり、高校入学の際に高校を選ぶことができなかったのだ。すなわち、小学校の学区で高校までのルートが決まっている。

俺の母校・西宇治中学からは、府立高校に進学しようとすると全員が京都府立城南高校しか選択できなかった。どんなに成績が良くても希望の高校に行くことができない現状。しかも商業科も家政科も同じ高校とは。なんという閉鎖性なのだろうか。

城南高校に入学後も、俺の成績は学年で一、二を争うトップクラスだった。競争がなく、ほぼ全員同じ中学の人間。中学の時の成績順位と同じで何の刺激もない。

日が経つにつれ——空虚が心の中を蝕み始めた。淀にいた頃は勉強はおまけのようなものので、毎日の喧嘩で精一杯ながらも、やんちゃで良き友人にも恵まれ、ある意味充実した日々を送っていた。今はどうだろう。学校生活も部活のバスケット部もそれなりに楽しいが、狭い水槽の中で延々と泳ぎ回っているような感覚だ。

見上げた先に空があるのはわかっているのに、低い天井に遮られている。この生活が、三年続くと考えると気が遠くなった。

「じゃあ、津山に行く？　私の母校、津高に転入したらどう？」

そんな俺を救ってくれたのは、空虚に病んだ俺を見かねた母さんの一言だった。

津高、すなわち岡山県立津山高等学校。岡山県屈指の進学校であり、伝統の名門校である母さんの母校だ。両親が二人とも美作(※25)地域出身、親戚もその地域に固まっているので、

現在の津山高校本館
校訓「畏天敬人」、校風「質実剛健」「文武両道」

存在は幼い頃から知っていた。

一昨年の冬だろうか、親戚の集まりで一つ下のいとこの信男が津山高校に合格したと言った時の、彼に向かった親戚中の羨望と尊敬のまなざしは今でも俺の心に焼き付いている。俺だって学校でトップクラスの成績をとっていることを言いはったが、津山の連中にとっては爆撃機に竹やりで、信男の津山高校合格の栄誉には勝てなかった。

「行けるもんなら行かせてくれ。俺、このままだと、なんもないやつになっちまう」

俺が懇願すると、母さんはにっこりと笑った。

「津山高校出身で誰もが知ってる有名人ているの？」

「ああ、アナウンサーの押阪忍さん(※26)。母さんの一級下だった。ほら、お昼にやってる『ベルトクイズQ&Q』の司会の人」

「押阪さん、津山高校出身なんだ」

「彼、卓球部でね、あの時、津山高校はインターハイで全国二位になったんよ」

「スポーツも強いんだな」

「ミツコおばさんが市内の上之町で高校生の下宿屋してるでしょ。空きがあるか聞いてみるわ。編入試験の段取りも聞いておくから」

京都から遠く離れた岡山・津山の地に、高校二年からの編入。そんなことはできるのだろうかと一瞬思ったが、きっと母さんのことだ、なんとかうまくやってくれるだろう。なんせ母さんは津山高校の卒業生なのだから。

「現役生は手を挙げて！」

教室中に響き渡る坂出先生の声で現実に引き戻された。

周囲では十数名が右手を挙げている。意味がわからず狼狽える俺を先生がにらんだ。

「おい、山本。おまえも確か、現役だろうに。手を挙げんといけんだろ」

現役……？　仕方なくその言葉に従い右手を挙げた。周囲からクスクスと笑い声が聞こえる。怒りなのか恥ずかしさからなのか、顔が赤くなっているのが自分でもわかった。話を聞いていなかったのは自分が悪い。しかし、笑うことはないだろう。

「じゃあ次、一浪生！」

教室の十人ほどが手を挙げる。

「二浪以上はおるか？」

教室の中でも割と大人びた顔をした一人が手を挙げたところで合点した。まさか、この高校には高校浪人生がいるのか。母さんから岡山の人は大学の名前よりも高校の名前で人生が決まると聞いていたが、まさかそれほどまでとは思いもしなかった。

確かに母さんは親戚の集まりでも兄弟七人のうち唯一、津山高校に入れた子という修飾語で今も通ってるし、信男も学区外である勝央町（※27）からわざわざ受けたことを考えると、

旧本館一階から二階に続く階段
外観にふさわしい優美な装飾が
施されている

二階資料室
貴重な書籍、学習用の実験器具が保管されている

この地では『津山高校生』という称号はなんとしてでも手に入れたい特別なものなのだろう。

思えば編入試験の時、受験教室に入りきらないほどいっぱいの生徒がいた。こんなに転入してくる奴がいるのかと驚き桃の木だったが、後日、転入の説明に訪れたのは俺も入れて二人だけだった。近隣他校に通学中の仮面浪人の奴らもいたのだろう。この高校のレベルの高さに、興奮する。

やはり、俺にふさわしい学校だ。身震いしている自分がいた。


ホームルームの後、クラス連れだって講堂へ向かった。新年度最初の朝礼、いわゆる始業式をするらしい。集まった生徒は千人以上。誰が号令をかけるわけでもなく整然と整列し、壇上に角ばった黒縁眼鏡の教師が現れた途端、しんと水を打ったように静まった。

これが淀の学校だったら、教師が現れる現れない関係なく、怒鳴られるまでざわめいていただろう。整列もできていないかもしれない。いや、その前に全校生徒全員が講堂へ一堂に集まることなんてできないだろう。

「あー、生活指導担当の姫田だ。今日は予鈴から全校生徒が集まるまで、五分も要した。新入生最初の朝礼ということで今回は大目に見るが、次回からは三分以内を厳守すること。いいな」

「はい！」

黒縁眼鏡の高圧的な言葉に、反射的に全校生徒が反応する。

俺もつられて返事をしたが、（んなことできるわけない）と心の中で笑った。

「ええか。毎回口を酸っぱくして言っとるが、津高生は津高生らしくあれ！　先輩諸氏の築いた伝統の礎をおまえ達が引き継ぐんじゃ。男の子は父親になる。将来を見据えるんじゃ！　ええな？」

何のことを言っているのかさっぱりわからなかった。

「男女交際も聡明であれ！　異性と話をする時は運動場の真ん中で話をせよ！　異性に手紙を書く時はハガキで出すのじゃ！」

本気で言っているのか、この黒縁は。頭の中にはてなマークが躍る。しかし、周囲を見渡すと皆澄んだ目で聞いている。きっと、恐ろしい先生なのだろう。名は姫田と言ったか。関わらないでおこうと心に留めた。しかしながら、彼は生活指導担当、関わらずにいることなんかできるのだろうか。少し自信がなかった。


その日は始業式ということもあって、午前中だけで学校は終わった。翌日に行われる年度初めの校内模試の試験勉強休みも兼ねてということもあるだろう。初っ端から試験とはさすが進学校である。

俺が住む下宿は学校から自転車で十五分ほどの場所にある。津山高校の南東に広がるお

『男はつらいよ』第48作ロケ地の碑（城東作州屋敷）

『あぐり』ロケ地の碑（津山高校正門横）
旧本館は映画、ドラマのロケ地として
よく使われる

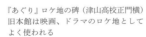

城山を越え、城東地区（※28）と呼ばれる江戸時代から続く歴史的な町並みが広がる中に存在する。

下宿周辺の通学路にはところどころ目をみはる建築物や町並みが点在していた。白壁に火の見櫓、商家の格子状の年季の入った木壁に昔ながらの瓦屋根……。通り過ぎるだけで江戸時代の町人の息遣いを感じることができる。京都育ちで寺社仏閣や古き町並みは慣れていたはずだが、それとは違う趣があった。いつか、映画のロケ（※29）で使われそうな、そんなドラマチックな場所の数々だ。

自転車に乗っているのがもったいないほどの光景。下宿の家主である父の姉・ミツコおばさんから何度も学校への登下校ルートは教えてもらったはずだか、道中にこんな景色があるとは聞いていなかった。恐らく、地元の人にとってはこの素晴らしい風景は説明不要に当たり前のものなのであろう。

「イッテー！」

気が付いたら自転車ごとすっ転んでいた。惨めに地面に伏す俺の額に、桜の花びらがはらりと落ちる。お城山を埋め尽くす桜に目を奪われ、よそ見をしていたら、電柱に突っこんでいたのだ。幸いかすり傷程度で済んだが、合格祝いで親父に買ってもらった新品の自転車に傷がついてしまった。

美しすぎるほどに咲く桜を恨んだ。畜生、よそ見させやがって。咲いているからいけないんだ。桜としてはなんと理不尽な言いがかりであろうか。しかし、そこに美しさがなければ自転車に傷はつかなかったはずなのだ。

俺は悪くない。爛漫と咲く桜花を横目に恨み愛でながら、俺はふらふらと自転車を引きずり、おとなしくその後の帰路を急ぐことにする。

「今日は散々だな」

思わず心の声が出てしまう。確かに津山高校の雰囲気は、想像以上に高貴で素晴らしかった。だが、頭によみがえるのは俺を奇異の目で見るクラスメイトの視線。黒縁の厄介そうな生活指導教員。従うだけの馬鹿真面目な生徒達。

やっていけるのだろうかと不安がよぎる。しかし、この転入は失敗だったとは意地でも思いたくなかった。宇治の高校生活は空虚であったが、その中にもわずかに彩りはあった。友人にも恵まれていた。津山に旅立つ日には、何人もの友人が見送りに来てくれたし、小学生から剣道を習い、一年ながら剣道部のレギュラーだった俺が転校のことを部の先輩に話したところ、今まで厳しかった先輩が途端に優しくなり、「学校はやめても部はやめないでくれ」と頓珍漢なお願いをされた。背中に聞こえる惜しむ声に、我儘な決意を後悔しながらも、彼らに報いたいと思った。

報い。それは将来偉くなって、あいつらに恩返しをすること。山本翔太の友人であることを自慢されるような人物になること。そうすることで、津山高校に転校したことを、納得してもらいたいのだ。

偉くなると言いつつも、何で偉くなるかはまだ未定だが、偉くなれるという根拠のない自信は揺るぎなかった。そのためにも、津山高の学生生活を輝かしいものにしなければならない。一日目で何を弱音吐いているんだ、俺は自分に言い聞かせる。

俺らしくない、と弱気の箱に鍵をかけた。

＊　＊　＊

いや――やっぱり失敗だったのかもしれない。

配られた校内模試の成績表『四六九人中四二九番』という異次元の数字を眺めながら、教室の真ん中で俺は呆然と立ち尽くした。

「おい、邪魔だぞ。ニセモノ、ニセ本」

次に名前を呼ばれたクラスメイトが突き飛ばすように俺を追い越して、先生の元へ成績表を受け取りに向かった。教室がどっと沸く。彼の名前も山本。どうやら、このクラスではもともといた彼がホンモノで、俺はニセモノらしい。

転入から一週間経ったが、相変わらず俺は腫れモノに触れるような扱いを受けていた。

いや、違うな。今わかったのは、俺は腫れモノというよりは邪魔モノなんだ。

「ハア、すんません」

言い返す気力もなかった。それほど成績がショックだったのだ。

確かに、転入や引越しのごたごたで試験勉強がままならなかった部分はある。しかし、京都の高校でトップクラスだったこの俺が、下から数えた方が早い順番になるとは思いもよらなかった。悪くても中位だろう、その考えが甘かった。

この高校のレベルの高さに驚愕した。低い天井から逃げ出した空はあまりにも高い。まさに俺は井の中の蛙だったんだ。肩を落として席に着く。

成績表が配られた後は、そのまま休み時間だ。教室中にクラスメイト達のおしゃべりや笑い声が響いている。まるで、俺をあざ笑っているかのようだ。

居場所がない。前の学校でそこそこ目立っていた自分が、普通、いやそれ以下になってしまったような気がした。教室の隅で地味に過ごす二年間は、さぞかし空虚な前の学校の生活よりももっと地獄だろう。

はたして、どうすべきか。下校のチャイムを聞きながら、一人考える。学力でトップを目指すにしても、このレベルだと相当の猛勉強が必要だ。クラスのお調子者として明るくふるまうにしても、クラスにはお笑いキャラがすでに存在するようなので、被りはよくないだろう。

その時だった。

イッチ！　ニィ！　サン！　シィ！　……

聞き覚えのある懐かしい掛け声が俺を誘うように耳に入ってきた。声の方向に目を向けてみる。校庭脇の広場で二十〜三十人ほどの部員達が剣道着で竹刀を一心不乱に振っていた。

「そうか、津山高校の剣道部(※30)……」

素振りが一同シンクロしていて、まるでダンスのようだ。もう少し、近くに行って眺めてみる。たしかこの津山を首都とする旧美作国は作州と呼ばれ、作州宮本村、宮本武蔵の出生地(※31)として名が知られている。武道が盛んであっても不思議ではない。

「おまえ、何見とるんじゃ?」

野太い声が呼びかけ、俺をジロジロ見る。

「私は顧問の藤戸じゃ。新入生か?」

「いや、俺は……」

「うちのクラスの転入生ですよ」

自ら名乗ろうとしたところを、同じクラスの奴が割って入ってくる。名前は林といったか。

「確か山本だったよね。剣道に興味あんの?」

呼び捨て。どこか上から目線の口ぶりがカチンときた。

「興味があるっていうか、前のガッコでは剣道部でレギュラーだったんだ」

「へぇ。前の学校ってどこ?」

「京都府立城南高校」

藤戸先生の目が輝いた。

「京都の城南？　京都ではインターハイを狙う上位のところじゃ」

「ええ、まぁ」

林を見ながら俺は得意げに笑った。実は小学校から剣道を習っており、中学は山城地区で優勝した実績がある。城南高校でも一年生レギュラーとしてインターハイを目標に汗を流していた。そんじょそこらの剣道経験者ではないのだ。

「なら入部決定だな。早速道着に着替えてこい」

藤戸先生が俺の手を取る。

「ちょっと待ってください。俺はただ見ていただけなんです」

「何言っとんじゃ。男たるもの迷いは不要。決めた道をまっすぐ進むのじゃ」

「だけど、考える時間が」

「先生、山本君は転入してきたばかりなんじゃ」

林が俺と先生の間に割って入った。実はもったいぶりつつも、この学校での居場所を見つけるために剣道部に入るのも手だと、八割がた入部に心が動いていた。林は俺に入部してほしくないのだろうか。そりゃそうだ、追い抜かされる可能性があるんだからな。

「じゃあ、今日一日練習を見学していけ。入部はそれからでいい」

「よかったね。ニセ本君」

林がにっこりと笑いつつ、厭な奴のボロを出す。気づいてないのかわざとなのか、そのまま練習に戻っていった。

「俺を馬鹿にしてられるのも今のうちだ」

いつかやり返してやると心に誓いながら、剣道部員達の後についていった。さあ、お手並み拝見。次は道場での技稽古の時間らしい。

だが、道場に足を踏み入れた瞬間、俺は固まった。

壁には『畏天場』(※32)という文字と共に、『目指せ全国制覇』との目標、そして、数々の表彰状が掲げられている。目線を移すとそこには歴代剣道部員の名札がずらりとかかっていた。昭和四十三年第十六回全日本学生選手権で優勝した神谷明文八段の名札もある。

俺に声をかけたこの小柄な藤戸先生は、ひょっとしたら鏡野高校剣道部(※33)で、五度の日本一になり、全国に名を馳せた人かもしれない。藤戸は国士舘大学に進み、確か昭和四十四年第十七回全日本剣道選手権大会で第三位になっている。

後に知ったが、津山高校は柔道も強く、前身である津山中学時代、柔道部は「白帯」で試合に臨み、「白帯津山中」として全国に名を轟かし、七度の全国制覇を果たした。「津山の白帯」は、謙虚な心の象徴であり、少々技が上達しても黒帯をしめて慢心が生じたら終わりであると常に心の修業を第一としていたのである。

「……」

城南高校の時、俺は全国大会出場を目指していた。まさか、この剣道部は、さらにその上の日本一を目指しているのか。

呆然としている間にもさっそく稽古は始まっている。道場に響く掛け声、竹刀の響き、そして藤戸先生の怒鳴り声。部員達は十分もしないうちに汗だくになっていた。

「嘘だろ……」

城南高校でも試合前は休憩もないほどの厳しい稽古をしたが、それ以上のものだ。新人戦は確か月末にあるはずだが、そんなに根をつめて稽古をする時期でもない。

まさか、この学校では、この練習量が普通なのだろうか。

「おい、転入生。おまえもどうじゃ？」

藤戸先生が竹刀を俺に手渡してくる。

「え、でも道着を着てませんよ」

「かまわん、特別じゃ。おまえ、稽古したくてウズウズしとるな。わしはわかるんじゃ」

高圧的な勢いに、その推測は見当違いですよ、とは言えない。愛想笑いをして竹刀を受け取った。

「素振りを見せてもらおう」

「素振り、ですか」

十六夜（いざよい）山と十六夜池
横には十六夜山古墳がある

旧本館一階奥、元校長室
翔太もここで停学を告げられた

渋々構え、振り下ろす。イーチ、ニィー、サーン……掛け声とともに、上下素振りを始めた。周りの部員達は稽古を続けつつも、視線は俺の方を向いている。さらに背筋が伸び、動きもどんどん速くなっていくのを感じた。

「腰が入ってない！」

道場に竹刀の音が響き、痛烈な痛みが俺の腰を襲った。

「京都のレベルが知れるわの」

藤戸先生は、今度は背中を突いた。額から汗が落ちる。手のひらにも汗がにじみ、気を抜いたら竹刀が零れ落ちそうだ。息も速くなってくる。いったい、この素振りはいつまで続ければいいのか。

「まだ一分もしとらんのになんじゃその動きは」

強烈な痛みが再び腰を襲う。俺は竹刀を突かれた勢いそのまま、道場の床に倒れこんだ。

「ニセ本君、もう休憩？」

何か言い返したいが息が落ち着かず、何も言葉を発せない。道場がぐるぐる回っている。道場の奥で稽古をしていた女子部員達が、俺を見て何か話している。面をつけたままでも俺を軽蔑しているのがわかる。あの女子達と、剣道部に入ったら仲良くなれるだろうかと少し期待していたが、それもあきらめよう。

やっと息が落ち着いた瞬間、迷いなく言葉が出てきた。

「ダメです、剣道部に入部はできません」

翌日の学校への足取りは、いつにも増して重かった。林の野郎が、クラス中に昨日の剣道部での出来事を言いふらしているんじゃないか。いやな予感が胸の中を回る。

遅刻ぎりぎりで、自転車にまたがり正門をくぐろうとするといきなり、

「貴様あ、どこの学校の者だ。ここは津高生しか入れんのだ」と怒鳴られた。

地元、津山では、津山高校のことを「津高（つこう）」と呼ぶ。津山工業は「工業」、津山商業は「商業」と呼ばれていた。

俺は、怒鳴られて一瞬意味がわからなかった。高校を間違えたかと思ったがそんなことはありえない。

「先生、僕は一応、ここの生徒ですけど？　なぜ入れてもらえないのでしょうか」

「貴様、帽子を見ろ。おまえは津高生ではない」

被っていた制帽を見ると、白線がない。津山高校の制服は、帽子に白線、襟元にＬ章。女子はスカートに黒線が入っており、一目で津高生とわかる。きっとどこかに落としたのだ。通学路を戻るとどこかに落ちているに違いない。

「先生。白線探してきます。もしなかったら、このまま家に帰っていいですか？　俺、津高生じゃないんで」

「おまえはアホか。早くとっとと探してこい」

白線は、正門のすぐ近くに落ちていた。戻ると門が閉まり、遅刻犯にされた。何回か遅刻すると停学になると後から聞いた。

毎朝校門に生活指導の先生が立ち、挨拶。門の手前で皆、鞄から帽子を取り出し着用。時に登校する先生が後ろにいたりする。遅刻しそうになった女生徒が裏門近くの塀を乗り越えて遅刻を免れた。自転車通で、自転車は塀の外に置き去り（鏡野から通学していた長身のK山さん）。置き去りの自転車はどうしたのだろう。


遅刻となり怒られ、遅れて教室に入った。散々な一日だ。案の定、教室に入った瞬間、まるであざ笑うかのような視線が俺を突きさす。誰にも目を合わすことなく、自分の机に座り、突っ伏した。

もう嫌だ。この学校が嫌だ。転入を勧めてくれた母さんを恨んだ。そして、軽々と転入を決めた自分が恥ずかしくなった。明日から、この学校に来たくない。

俺は両親こそ美作の生まれだが、この学校では珍しい都会からの転校生。言葉も違い、見た目も垢ぬけている方で、良くも悪くも目立つ。その上、剣道部での一件で、嘲笑や侮蔑の対象になってしまった。この先、光はあるのだろうか。

学問に生きるか。部活もせず、友人もないならば、勉強する時間は十分できる。高校時代に輝かなくても、数十年後に大成功した人間は多数いる。今は我慢の時期なのだろうか。

俺はため息をつきながら授業の準備をしようと机の中から教科書とノートを取り出した。

どこかから、クスクスと笑い声が聞こえてくる。クラス中の視線を俺が独り占めしていたようだった。嫌な予感を抱きながら手元を見た。持ち帰るのが面倒で、机の中に置いたままだった教科書とノート。俺は愕然とした。

『カエレ！』『ヨソモノ！　ニセ本！』

デカデカと太いマジックで書かれていた。とある一人のクラスメイトがにやにやと俺を見て、目を伏せた。そして、周囲に集まっていた友人達に、自分がやったとばかりに自らの顔を指さし自慢をしている様を俺は見逃さなかった。

「おまえか」

俺はそいつの前に立った。

「なんのこと？」

へらへらとそいつは笑う。頭が真っ白になった。何かが切れた。

京都の淀地区（※23）
京都市伏見区西南部に位置する宇治川と桂川に挟まれた地域。京都競馬場の所在地として全国的にも有名。

伏見工業高校（※24）
この物語の舞台である1975年、京都府立伏見工業高校ラグビー部に山口良治氏が就任し、のちに全国屈指の強豪校となった。このことはのちにTBS系ドラマ『スクール☆ウォーズ』のモデルとなる。

美作（※25）
みまさか。岡山県の北部で旧美作国に該当する地域。美作国は和銅6年（713）に備前国から北部6郡を分けて設置された。国府は現在の津山市総社に置かれた。現在の津山市、真庭市、美作市、新庄村、鏡野町、勝央町、奈義町、西粟倉村、久米南町、美咲町の地域とおおむね重なる。

押阪忍（※26）
おしざかしのぶ。昭和10年（1935）津山市生まれ。津山高校卒業。テレビ朝日アナウンス部第一期生。昭和40年（1965）に民放最初のフリーアナウンサーとなる。津山市名誉観光大使。津山市文化功労章受章。

勝央町（※27）
津山市の南東に隣接する、岡山県勝田郡勝央町のこと。岡山県の北東部に位置し、坂田金時終焉の地として知られる町である。

城東地区（※28）
城下町津山の東側に位置する旧出雲街道に面した町並み保存地区。国の重要伝統的建造物群保存地区に選定されている。

映画のロケ（※29）
のちに周辺は映画『男はつらいよ 寅次郎紅の花（48作）』のロケ地となった。また、NHK朝ドラ『あぐり』など、様々なドラマや映画のロケ地として多数使われている。

津山高校剣道部（※30）
昭和14年に全国大会優勝を果たした県下の古豪。昭和50年頃は個人、団体ともにインターハイの常連であった。全国学生選手権で日本一になり、現日本剣道連盟常任理事神谷明文八段範士はOB。当時の顧問・藤田長久氏は鏡野高校で5度の全国優勝を果たし、国士舘大学に進学。昭和44年第17回全日本剣道選手権個人第3位となった輝かしい経歴の持ち主。津山市教育長、津山市体育協会津山武道学園長を歴任。

宮本武蔵の出生地（※31）

江戸時代初期の剣術家。巌流島の決闘が後世、小説や映像作品の題材になったことで有名である。出生地については諸説あるが、江戸後期の地誌『東作誌』で美作国宮本村で生まれたという記載により、吉川英治の小説『宮本武蔵』が美作生誕説を採用したため、美作が宮本武蔵の出生地として一般的に知られるようになった。

畏天場（※32）

幕末の頃、津山藩の志士・井汲唯一が自邸内の剣術道場に掲げていた「畏天場（いてんじょう）」の扁額はのちに津山高校に寄贈された。現在は、旧本館に掲げられ、平成7年（１９９５）に制定された校訓の由来となっている。校訓の意味は「人を尊び、自己を愛する生き方であること、悠久の自然の摂理に思いをいたし、自他ともに敬愛すること」である。

鏡野高校剣道部（※33）

昭和27年に5人の部員で創設。猛練習で、兵庫国体において念願の日本一。「剣道の鏡野」の名は全国に広がり、優勝回数は、インターハイ1回、国体4回、中国大会13回、県大会15回。全国に名を馳せる。

江見正氏（江見写真館三代目）が撮影した津山の風景、歴史的記念写真。
正氏は明治大学に学び、神伝流泳法を極め、オートバイで各地を巡り撮影、
当時を今に伝える貴重な写真を残した

昭和5年津山高等女学校全校生徒写真／津山城（鶴山公園）

早稲田大学総長大隈重信候来津

昭和初期の衆楽公園

昭和初期の津山市街地
津山城（鶴山公園）より南方を望む

皇太子裕仁親王（のち昭和天皇）津山行啓

津山中学に大隈重信候が来校、記念植樹
初代早稲田大学校長鳩山和夫は勝山（現真庭市）、第3代校長平沼俶郎は津山出身

津山中学

昭和初期の城東地区（美都津山庵に大型写真）

昭和初期の吉井川／当時は遊泳地

昭和初期の宮川

昭和初期の鶴山公園

昭和初期の津山駅

昭和初期の津山美人　※美都津山庵ロビー壁面にも同じ写真が使われている

昭和初期の京町

第二章　われら郷土の誇ぞと

俺の処分を聞いた母さんは、電話口で泣いていた。

自慢の母校での無期停学は恥ずかしい、そればかりを繰り返していた。そりゃそうだ。地元の名門伝統進学校で転入早々、喧嘩で無期停学なんて、前代未聞のことなんだから。

しかしながら、図らずも「学校に来たくない」という願いが叶ってしまったわけだ。ちょっとだけ晴れやかな気分だ。停学後のことなど知ったこっちゃない。俺はおそらくこの一件で学校中に要注意人物として恐れられることになっただろう。誰も近づいてこないかもしれないが、嘲笑われる対象となるよりはそっちの方がいい。何せ、淀ではアブなそうな奴こそ尊敬の対象だったのだ。

無期停学と言えど、休みは十日ほど。俺はこの機会に、津山の街を隅々まで散策することとした。ほかの高校に通う下宿屋の仲間と共に朝食をとった後、俺は彼らと同じように弁当を持って、散歩に出かけた。

通学途中の生徒達と違う方向に地図を持たず、ふらふらと放浪する。優越感。どこか、

大隅神社

特別な人間になったようだ。それもまた良い気分だ。まるで『男はつらいよ』（※34）の寅さんのようだ。武家屋敷の町並みも、俺をその気にさせてくれる。

上之町という、津山の歴史的な町並みがひろがる城東地区に下宿があってよかった。下宿の二階の俺の部屋からは大隅神社境内が丸見えだ。眺めているだけでも飽きないので、この先何日も続く停学期間の暇を十分につぶすことができる。

いにしえのロマンあふれる街道。延々二キロ近く続く、江戸時代からほぼ変わらないであろう風景——江戸時代に建てられた母屋から昭和はじめの蔵まで、津山の長い歴史と共に生きてきた家々が今も多く残っている。ところどころに説明板があり、この街の歴史をその場で学ぶことができる。

津山の城下町は、織田信長の小姓であった森蘭丸の末弟・森忠政が関ヶ原の戦い後の慶長八（一六〇三）年に美作国に封ぜられたところから始まる。森忠政は、この地を美作国の政都として、吉井川と宮川の合流点を見下ろすことができる鶴山に城を築き、その周辺に城下町を形成していった。封建的な身分制度を町にも反映させるがごとく、城を中心として西北東に位置する田町・椿高下・北町・上之町などには武家屋敷が配置され、城下町を東西に走る旧街道・出雲街道（※35）に沿うように町人町を築いたのだという。

俺の下宿は出雲街道の一筋北の大隅神社（※36）の真ん前にあるが、周辺には古い神社仏閣（※37）が昔ながらに存在している。津山城築城とともに東の寺町として整備されたらしい。

古い町並みと言えど、それぞれに特色があり、ところどころ違う顔を見せているようだ。

ふわり。散策をする俺の横を自転車に乗って通り過ぎる女の子がいた。

ふと視線が止まる。スカートを見てすぐに、津高生だとわかった。津山高校生のスカートは明治の女学校の時代（※38）からスカートに黒線が1本入っている。この黒線のスカートをはくのが憧れであり誇りである、とさんざん母さんから聞かされていた。

長い髪を結わえた、目鼻立ちの整った、女の子。彼女は、自転車に乗りながら、友人二人と笑顔で話していた。横の友人達もそれなりにかわいい顔をしていたが、その子は際立って見えた。

名前は何というのだろう。顔を思い浮かべながら、あてもなく足を運ぶ。どこかで見たことがあるような気もするので、実は同じクラスなのだろうか。恥ずかしながら、転入初日から続く内外からの疎外感で、ろくにクラスメイトの顔を覚えていない。唯一覚えたのは林くらいだ。いけない、また剣道部での嫌なことを思い出してしまった。

彼女のことを考えて、つれづれなるままに、城東地区をさらに東に進む。赤レンガのエキゾチックな神社風の建物（※39）をも通り過ぎてずっと歩くと、化粧品のくすぐる香りが漂ってきた。店の上には『ハラムラ』と看板があった。昔ながらの化粧品屋だ。

俺には用がない店だな。時間も時間なので、踵を返そうとすると、中からきれいなおば

イナバ化粧品店
稲葉浩志氏の実家

主人公山本翔太先祖伝来の地
祖父母の家（奈義町高円）

さんが現れた。

「あんた高校生なのになんでこんな時間におるん？」

気さくに声をかけてくれた化粧品店のおばさんは、年齢の割に妙な色気を放つ美人だった。津山は作州美人と言われているが、まさにその言葉通りに美しい。おばさんの綺麗さなら、きっと化粧品はよく売れるだろう。

俺は、停学中と言うのは恥ずかしいので、とっさに嘘をついた。

「明日から高校に転入するので、今日のうちに周辺を散策しています」

「そうなの。なら、中に入りんちゃい。いろいろ教えてあげるわ」

時間はいくらでもあるので、その言葉に従うことにする。店内に入ると、資生堂の化粧品が山のようにあった。

「転入って、あんたどこに入るん？」

「津山高校の二年に入るんです」

「津高？」

おばさんは目を丸くした。

「まあ、あんたすごいのね。うちの息子達も津高に行ってもらわんとと思っとるんよ」

「へぇ。じゃあ、勉強頑張ってるんですね」

「だがね、まーいにちロックとかいううるさい音楽ばー聞きよるわ。箕作先生や宇田川先生みたいに洋学を勉強せえって言っていたら、音楽の洋楽を聞き始めてなー」

店内におばさんの大きな笑い声が響く。俺もつられて笑ってしまう。

「でも俺、昔は京都の淀というところにいたんです。あのあたりで、毎日勉強せず喧嘩ばかりしてましたからね」

「あれまー。なら、うちの子も大丈夫かね。ってか、おまえさん、京都から来たの？」

「はい。でも、両親がこのあたりの出身なんです」

おばさんが身をのりだした。

「どこの出なん？」

「出というと？」

「どこの出身か？　と聞いとんじゃ。両親の出所じゃ。これは初対面の挨拶じゃがな」

初対面の挨拶、と言いながらも踏み込んでくるなと思いつつ、俺は正直に答えた。

「父親は奈義町(※40)。母親は勝央町です」

「それじゃわからんがな。奈義のどこなん？」

「奈義の高円。母親は勝央の石生ですが」。

「へぇー。石生はウチと同じじゃがな。お母さんの旧姓は木村さんかいな？」

「なんでわかるんですか？」

「石生いうたら昔から、木村さんしかおらんがな」

「おばさんとこも木村？」

「うちは上石生の原村じゃ。原村の出じゃ」

ふと、祖母から石生という地区に原村というお医者さんがいたと聞いたことを思い出した。

「お医者さんの原村さんとこ？」

「そうじゃ。あんたの名前は山本さんか？」

「なぜわかるの？」

「高円には、山本か、岸本、有元さんしかおらんがな」

知らず知らずのうちに、きれいなおばさんと話が弾んでいることに気づいた。最初こそためらったが、出どころを聞くのはこの地域で初対面の人でも打ち解ける術なのだろう。

おばさんの言う通り、父親の故郷の奈義の高円には、山本か岸本、有元という苗字が大半である。高円は、浄土宗の開祖と知られる法然上人（※41）が修行をしていた歴史のある地域だ。高円部落の山本家も先祖が法然を養っていたという言い伝えがある。自然豊かで古くからの家々が存在し、中でも樹齢九百年の日本一大きな銀杏の木（※42）がある高貴山菩提寺（※43）は、全国的にも名が知られている。

俺も、菩提寺の丘から望む景色が大好きだ。緑あふれる山々に囲まれた里山の風景は、まるで現代にいることを忘れてしまうほどの異世界感がある。小さい頃は、じいちゃんの家に行くたびに、どこかから忍者が出てきそうな予感がして、ワクワクしたものだ。俺の

菩提寺境内（奈義町高円）の大イチョウ
樹齢推定900年。岡山県下一の大樹。国の天然記念物に指定され、全国名木百選にも選ばれている。

従姉妹の息子と同級生で、同じ高円の出身の忍者漫画『ＮＡＲＵＴＯ－ナルト－』の作者・岸本斉志君は、この奈義の風景を漫画で描いている。漫画に奈義の地名も出てくる。菅原道真の直系子孫も高円に住みついた。徳川家の宗教は浄土宗であり、菩提寺は聖地である。葵の御紋が菩提寺に描かれている。

　苗字のことを考えていると、母さんの年賀状を書くスピードがすこぶる速いことを思い出した。その速さに驚き、手元を覗いてみると、地元の人達に向けては奈義町などの町名とフルネームだけが書いてあった。母さんは、俺にその理由を得意げに、説明した。

「美作の郡部は千年以上続く旧家が多いんじゃ。だからこれだけでいいんじゃ。どの家も、家を守ることが使命になっていてな、長男は都会に出ても家を守るため戻ってくる使命があるんじゃ」

　都会に出ても、家を守るために戻ってくる。なるほど。小学生の頃、津山の親戚の家に休みがてら長期滞在していた時、家族から聞いてびっくりしたことがある。家に出入りしていた酒屋さんや、郵便局員の人達が、東大や京大を卒業しているのだ。彼らはおそらく、都会から戻ってきた長男なのであろう。そして、きっと、津高ＯＢなのだろう。京都ではありえないことだ。宇治には東大出の人なんて見たことも聞いたこともない。

「ここまで来る途中に赤レンガのある神社みたいな建物があったんですが、あれは？」

「ああ、あそこは最近まで銀行だったんだけど、移転したんで市が購入したらしい」

「そうよ。大正時代につくられた銀行の建物。津山は蘭学者や洋学者がたくさん出とるから、それを顕彰する資料館にするらしいわ」

「銀行?」

「津山から蘭学者や洋学者がたくさん出たとか」

「来年あたり、洋学専門の資料館になるそうじゃ」

「あ、はい。地元のおばさんに聞いたら、銀行だったたって」

「まあええわ。この建物めずらしかろー」

不貞腐れつつも、一応謝る。様子を見に来るなど聞いていなかった。

「すみません」

ああ、思い出した。彼は津高の生活指導教官の姫田先生だ。

「様子を見に来たんじゃ。下宿に行ったら、散歩にいっとるって言われてな。ずっと、このあたりを探してたんじゃ!　処分中はちゃんと謹慎しておれ!」

どこかで聞いた声が俺を呼ぶ。振り向くと、角ばった黒縁眼鏡の男が、俺をぎろりと睨んでいた。

「おおい、山本、ここにいたか」

＊　＊　＊

「はは、この地は幕末から明治にかけては日本最高の学術、学問の人材を輩出した地なんじゃ」

姫田先生は得意げに笑った。この人は、姫田先生に限らずこの地を褒めると途端に気分がよさそうになる。よほど郷土に誇りを持っているのだろう。

「準備に関わっとる先生から聞いたんじゃが、津山藩の医者で、宇田川と箕作という家があってな。その家から何人も立派な学者が出たもんじゃから、この美作の地から貧しいが有能な若者が彼らに学ぼうとどんどん江戸に出て行った」

「そんなにたくさんの？」

「おまえ、酸素とか水素、酸化、還元いうて、理科で習うじゃろ。あれは宇田川榕菴（※44）という津山藩医が翻訳する時に造った言葉じゃ。繊維とか細胞もそうじゃ」

「へー、そうなんですか！」

「わしが尊敬する偉大な数学者・菊池大麓（※45）。この方は箕作一統でな。英国のケンブリッジ大学を首席で卒業して東京大学に初めて数学科をつくった。後に東大・京大の総長、文部大臣にもなった」

この一風変わった建物が次第に輝いて見えてきた。

「山本。ええか。一番の親孝行はなんじゃと思う？」

「なんでしょう？」

「それは一生懸命勉強して国立大学に行くことじゃ。この美作地域の州都である津山は古

津山市指定文化財『旧妹尾銀行林田支店』
現在はアートギャラリー「ポート アート＆デザイン津山」

津山洋学資料館前、古風なポストが佇む。誰かに絵葉書を送ろうか

風情ある宮川／左に津山城（鶴山公園）、右手に白壁が続く。河原の散歩も良し

箕作阮甫旧宅

「きんちゃい猿」／魔除けになるという。俳優オタギリジョー氏の母上が発案

大きな赤い提灯が目印の千代稲荷神社（本殿は津山市指定重要文化財）

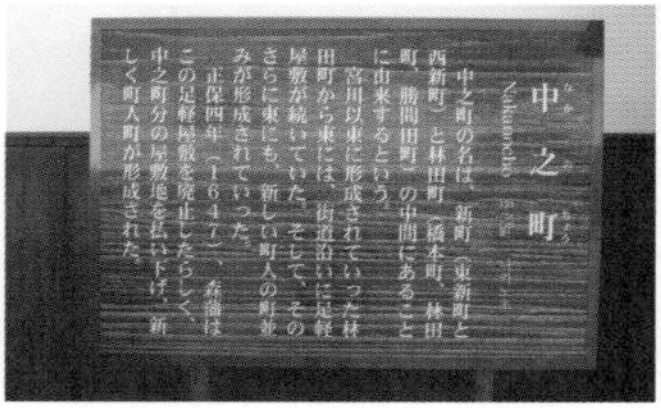

旧城下町には各町の説明看板が設置されている

い歴史を有す。宇田川、箕作の人達もそうじゃ。自分で考え、自分で生み出すことができる。だから、どこに行っても生き残れるんじゃ」

「自分で考え、生み出す、ですか」

「なぜそれができるか。それは学があるからじゃ。そのためには教育が必要じゃ。すなわち、お金のかからん国立大学に行くことが津高生の使命なんじゃ。この津山から全日空の創業者の美土路昌一（※46）をはじめ、偉人が数多く出ているんじゃ。彼は五十過ぎてから創業したんぞ。しかもこの津山から、毎月数回東京へ通とったんたんぞ」

「毎月東京へ？　嘘でしょ」

「いやいやホントじゃ。津山はそれほどの土地なんじゃ。そんな素晴らしい土地の津高で学ぶ、これほどの幸せがあるだろうか」

父親からからも同じようなことを聞いたことがあった。その頃は少年時代特有の反抗心でいっぱいで聞く気にもならなかったが、姫田先生のこの訴えは自然と心の中に入っていった。

自分は幸せ者なのだ。この学校で学ぶことができるのは、立身出世をもくろむ津山の人々にとってこの上ない幸せなのだ。

目を見つめ、肩を叩かれた。俺は何も考えず、頷いていた。

初めて見た時、説教臭く高圧的な先生だと避けようとしていた自分に喝を入れたい。先生は、至極当然のことを、熱く語っているだけなのだ。俺がしたこと——教室内の暴力など、処分を受けるに相当の罪であるのは当然だ。聞けば先生は、自転車二人乗りをしただけでも停学処分を科したことがあるのだという。学生の立場から言うと、それくらい、と

不満もあるだろうが、二人乗りで命を落としたりすることだってあるのだ。それを、単なる停学で、いけないことだと知らしめてくれているのはありがたいことだ。

姫田先生はそれから毎日、授業が終わった後、あるいは授業の合間を抜け出して、この俺の様子を見に来てくれた。小さな下宿の部屋の中で、毎日人生の道を説いてくれた。時には叱られ、時には説教され、時には怒鳴られ……怒られてばかりだったが、たまに真剣に相談に乗ってくれたり、褒めてくれたりする。

「おい、山本、おまえは夢はあるか？」

「とりあえず、偉くなって人のために役立つ人間になりたいです」

「何で偉くなるんじゃ」

「今は考え中です」

「ハッハッハ。それもいい。おまえはまだ若い。学問を修める中で見つけんちゃい」

そして、毎回何かしら心を突き刺す言葉をくれる。

「いいか、これだけは覚えておけ。大志を貫くためには、取れば権力、持てば金。思えば

成る。おまえもやってみい」

今時、「取れば権力、持てば金」なんて、すごいことを言う先生だな。転入してきたばかりの、クラスでもつまはじきにされているこの俺のために、わざわざ時間を作ってくれた姫田先生。気が付けば、先生に心を奪われている自分がいた。心酔、という言葉がふさわしいかもしれない。停学処分中は毎日、午前中は散歩に出かけ、午後は読書をしながら先生を待つのが日課になっていた。おかげで生活のリズムが整えられた。

しかし、ただ一つ理解できない先生の教えがあった。始業式で言っていた、

「異性と話をする時は運動場の真ん中で話をせよ！」

というものだ。なぜなのだろう。何のために運動場でなければならないのだろう。

先生の訪問の時、何度か聞く機会があったが、怒られそうで聞き出せなかった。きっと、深い考えがあるのだろう。ということは、俺が散策中に気になったあの可愛い女の子、名前も誰か学年もわからないが、俺も彼女に声かけする時は、その子が運動場の真ん中にいる時しかだめなのだろうか。しかし、その子が用もないのに運動場の真ん中にいるとは思えない。どうしたらいいのだろうか。

神楽尾公園とゴーカート場
（映画『十六夜の月子』ロケ地）

津山高校のグラウンド
（映画『十六夜の月子』ロケ地）

男はつらいよ（※34）
1968年から公開(放映)された渥美清主演、山田洋次原作・監督の映画・ドラマシリーズである。主人公のフーテンの寅こと車寅次郎が、全国各地を行脚しながら騒動を繰り広げる人情コメディである。津山はのちに、48作「寅次郎紅の花」で舞台となった。

出雲街道（※35）
播磨国姫路（兵庫県姫路市）を始まりとして、出雲大社（島根県松江市）に至る街道。津山盆地を東西に貫いて通っている。津山は8番目の宿場町であり、江戸時代は参勤交代路として、人やモノ、文化の交流が盛んであった。今も古い町並みが残り、観光客に人気である。

大隅神社（※36）
津山市上之町にある、奈良の和銅年間以前より祀られたとされる古い神社である。津山城の鬼門に位置しており、そのためお城を守り、人々を守る城東の鎮守さまとして市民に親しまれている。

古い神社仏閣（※37）
城西地区には本源寺や徳守神社、妙法寺などの寺院が多い。その理由は江戸幕府樹立の年・慶長8年（1603）津山藩主の森忠政が、政情不安定ゆえの城下町防衛のために、高い土塀と豪壮な建築物が立ち並ぶ寺院をつくったからだと言われている。

明治の女学校の時代（※38）
昭和24年（1949）に岡山県立津山高等学校と統合した岡山県立津山女子高等学校の前身・岡山県津山高等女学校のこと。明治35年（1902）創立。スカートの黒線は大正4年（1916）から（当時は袴）採用されている。

赤レンガのエキゾチックな神社風の建物（※39）
大正9年（1920）に津山に本店を置く妹尾銀行の津山東支店として建てられた和洋折衷のレトロな建築物。津山市指定重要文化財。のちに旧中国銀行津山東支店となり、その後移転前の津山洋学資料館となった。

奈義町（※40）
津山市の北東に隣接する、岡山県勝田郡奈義町のこと。岡山県の東北部に位置し、北は鳥取県に隣接している。那岐山や、奈義町現代美術館などが有名である。

法然上人（※41）
ほうねんしょうにん。長承2年（1133）―建暦2年（1212）美作国久米南条稲岡庄（現・岡山県久米郡久米南町）生まれ。浄土宗の宗祖とされる平安時代末期から鎌倉時代初期の僧。阿弥陀仏の誓いを信じ「南無阿弥陀仏」と念仏を唱えれば、死後は平等に往生できるという専修念仏の教えを説いた。翔太の故郷、奈義町高円の菩提寺で仏門を学び比叡山に巣立った。

銀杏の木（※42）
高貴山菩提寺の境内にそびえる、樹高約45ｍ、目通り周囲約12ｍ、推定樹齢９００年を超えるイチョウの大樹のこと。国の天然記念物に指定され、また全国銘木百選にも選定されている。法然上人が学業成就を祈願したところ芽吹いたという伝説がある。

高貴山菩提寺（※43）
岡山県勝田郡奈義町高円にある古刹。法然上人が９歳の時に父親の死によって院主である観覚のもとにひきとられて、仏教の修行をした場所として有名。

宇田川榕菴（※44）
うだがわようあん。寛政10年（１７９８）―弘化3年（１８４６）。大垣藩医の江沢養樹の長男として江戸に生まれ、14歳で津山藩医・宇田川玄真の養子になる。のちに馬場貞由についてオランダ語を学んだ。日本初の本格的西洋植物学書『植学啓原』や日本初の本格的な化学書『舎密開宗』を著し、近代科学の確立に大きな功績をあげた。さらに、オランダの地理や歴史、西洋の度量衡の解説書や西洋音楽理論書、コーヒーについてまで、幅広い分野にわたって研究。オランダ語の書物をもとに、大量の下書きや模写も残している。シーボルトとは江戸で親しく交流した。「細胞」「繊維」「葯」「柱頭」「酸素」「水素」「酸化」「還元」「温度」「圧力」などの植物・化学用語を造語し、「珈琲」の当て字をした人物として知られる。

菊池大麓（※45）
きくちだいろく。安政2年（１８５５）―大正6年（１９１７）。箕作秋坪の次男で、父の実家である菊池家を継ぐ。2度イギリスに留学し、ケンブリッジ大学を優秀な成績で卒業して、「東洋の奇男児」と呼ばれた。帰国後、東京大学理学部数学科の日本人最初の教授となる。著書『初等幾何学教科書』は明治から大正にかけて、近代数学の教科書として広く使われ、「菊池の幾何学」として名を高める。理化学研究所初代所長、東京・京都の両帝国大学総長、文部大臣などを歴任した。

美土路昌一（※46）
みどろますいち。明治19年（１８８６）―昭和48年（１９７３）岡山県苫田郡一宮村（現・津山市）生まれ。津山中学校（現・岡山県立津山高等学校）、早稲田大学を卒業後、朝日新聞社に入社。その後、全日本空輸初代社長、朝日新聞社社長を歴任したことで知られている。

第三章　聡明の少女

無期停学の期間が終わり、初めて登校した。教室の中を見回す。あの子はいなかった。同じクラスではなかったことに、ある意味安心した。

昼休みは図書館で暇をつぶす。友人がいないので、教室で一人を持て余していてもいづらさを感じるだけだからだ。そしてもう一つ理由がある。姫田先生の教え通り、俺はこの先二年間、勉学に励んで津高生らしい学生生活を全うすることにしたのだ。そして、いい大学に入り、数多くの名高き先輩方と肩を並べるような存在になるのだ。そのためにも、休み時間を惜しんで勉強をする。予習、復習、テスト対策、ハードルは高いがきっと上位にいけるだろう。

しかしながら、さすが津高生。図書館には、純粋に勉強や読書をしに来ている生徒達がすでに多数いた。勉強スペースを探し、空いている席を物色していると、長机の一番端に、そこだけぽっかりと空いているエリアがあった。中心には女生徒が本を読んでいる。ためらいながらも、彼女の前に回り込んだ。どこかで見た女の子だ、と思った瞬間、胸の鼓動

津山高校旧図書館

が一気に音を立てた。自転車の、あの子だ。彼女が、俺の半径2メートルの中に、静かに存在している。これは、勉強どころではない。持ってきた教科書を開きながらも、視線は向かいに座る彼女を見ていた。まつ毛は長く、肌の色は透き通るように白い。いますぐにでも触れたくなる衝動を、俺は必死で抑えていた。

……あれ、待てよ。彼女と俺は、顔見知りであるはずだ。初めて見かけた時以来、毎日早起きして散歩に出かけ、同じ時間の同じ場所で、彼女を見つめていたのだから知らないはずはない。何回か目が合ったこともあるはずだ。停学中、生活のリズムを崩さず、やさぐれずに済んだのは、姫田先生の訪問のおかげというのもあるが、彼女のおかげでもある。きっと彼女も俺を知っている。意識もしているんじゃないか。声をかければわかるはずだ。

「あの」

胸の鼓動を抑えながら、できるだけ平静を装って声をかけた。彼女が顔をあげる。大きな二つの瞳が俺を映し出した。

「はい？」

不思議そうに彼女が答えた。きょとんとした表情も可愛い。慌てて言葉を繕う。

「えっと、あの、その……、何読んでいるの？」

「ああ、これ？　『だめの子日記』、光吉智加枝（※47）さんの日記よ」

「光吉さん？　ああ、あの作家ね。面白いよね」

「作家？　この学校の生徒だった光吉さんよ。二月に交通事故で亡くなった彼女。光吉さんね、小学校の時からずっと日記をつけていたんだって。遺族の方がそれを印刷して、図書館に寄贈してくださったみたいなの」

知ったかぶって撃沈した俺を、彼女が軽蔑したような瞳で見つめる。

「ごめん。俺、転入してきたばかりだから」

「そうなの。じゃあ、仕方ないね」

彼女は再び本に目を戻す。

「友達だったの？」

「ううん。一年の時は違うクラスで、あまり話したことなかったな」

一年の時、ということは、彼女は現在俺と同じ二年なのか。悲しげに語る彼女の前でそんなことを考えてしまう俺はなんて不謹慎なのだろう。

「でも、光吉さんともっとお話ししておけばよかった」

彼女は唇をかんだ。その唇に目を奪われる。

『もっとお話ししておけばよかった』……か。俺も今、目の前の彼女と別れた後、そう思うのだろうか。彼女のそれと、俺のそれとでは、重さはだいぶ違うが、俺だって帰りに交通事故に遭って死ぬかもしれないし、彼女だってそうなってしまうかもしれない。

この機会を、逃したくない。

自転車での下校風景

「今日中に読み終わると思うから、あなたも読んでみたらどうかしら」

彼女は俺を断ち切るように、再び本に目を落とした。貴重な読書の時間を邪魔されて、少し迷惑そうに思われている予感がした。でも、関係ない。俺は後悔したくない。

「あのう。僕のことわかるでしょ」

「はあ？　わかりませんけど」

彼女の口調が、小声ながらも強いものになっているのを感じた。だけど、それどころではない。俺のことを知らない⁉　わからない⁉　そんなわけない。

「毎朝、大隅神社の前で通学の時見かけていましたが……」

「知りません」

「本当にわかりませんか？」

「わかりません」

図書館の静寂の中、周囲の視線を集めているのを感じた。そして俺は姫田先生の教えを破っていることに気が付いた。小声で彼女の耳へ吹き込む。

「あの、これから、運動場の真ん中で話しませんか？」

「運動場？」

彼女はきょとんとした顔で俺を見つめた。何か変なことを言ってしまっただろうか。

そして、満面の笑顔を見せ、ゲラゲラと笑い出した。よほど可笑しかったのだろう、図書館内の、さらに多くの視線を集めていることに気づかずに、下を向いてずっと笑っている。俺は何が起こったのかわからなかった。

「思い出したわ」

笑い声を必死で押さえながら、彼女が口を開く。

「思い出してくれた？」

朝の通学路の俺を、思い出してくれたのだろうか。

「あなた、剣道部の練習で、すぐに脱落した転入生だ！」

顔が一瞬で赤くなった。実は彼女、剣道部なのだという。あの中の、少ない女子部員の一人だとは思いもよらなかった。女子達は面をかぶって練習していたので、俺はその中にこの子がいるなんて全く気付かなかった。

「う、うん……」

頷くしかなかった。苦虫をかみつぶしたような俺の表情と裏腹の、屈託のない彼女の微笑みがまぶしい。だけどその笑顔は、津山に越してきて起こったすべての惨めさや挫折から、救い出してくれるように思えた。

＊　＊　＊

『花冷えの城の石崖手で叩く』(※48)
放課後、西東三鬼(※49)の句をハガキにしたため、彼女の下駄箱に入れた。本当は自分で考えた句をしたためたかったが、いい句が思い浮かばなかったのだ。できるなら、待ち合わせ場所であるお城山の石垣を絡めたカッコいい句を書きたい。そして素敵と言われたい。だが、俺にはその才能がなかった。悩みながら図書館で俳句の本を探していたら、津山の出である西東三鬼の存在を知った。

剣道部の、彼女の部活が終わる時間に合わせて石垣の元に向かう。自転車を引きずりながら、葉桜をしみじみと眺める。

彼女の名前は月子と言った。月の穏やかな輝きのように奥ゆかしい、彼女のイメージにぴったりの名前だ。話し方もこのあたり特有の訛りがなく、ゆったりと流れる澄み切った川のようだ。聞けば、月子は中学の時に東京から引っ越してきたのだという。父親は東京の大きな会社で働いていたが、津山の出身で、地元で会社を設立するためにUターンしてきたそうだ。彼女の父親もまた、家を守るために戻ってきた津山人なのだろう。

図書館の出会いから、すぐに俺達は交際を始めた。俺が一方的にアタックして、彼女を巻き込んだようなものだが、彼女は嫌な顔ひとつせず、恥ずかしそうに頷き、そして俺の後を付いてきてくれていた。

「お待たせ」

自転車に乗って月子がやってくる。その笑顔には一瞬の曇りもない。

「ハガキ、見たよ」

「西東三鬼。いいだろう」

「そうね。でも笑っちゃった」

笑う？　なぜなんだと問いかけようとしたが、彼女の笑顔が可愛らしくて、言葉が出なかった。

「翔太君、もしかしてまだ姫田先生の言いつけ守っているの？」

「言いつけ？」

「姫田先生、『異性に手紙を書く時はハガキで出すのじゃ！』っていつも言ってるでしょ」

「そうだよ。そうしなければいけないんだろ？」

「守っている人なんて、いないわ」

「でも……」

「翔太君って不思議な人。悪そうなことを言ったかと思えば、変なところ真面目」

俺は鼻の下を指でこすって笑った。

変なところ真面目。そうかもしれない。しかし、間違えたことはしていないと思っている。学校でつまはじきにされている俺との交際。俺はいいが、それが知られたら月子もつまはじきにされてしまうのではないか。一緒のところを見られたら、彼女は恥ずかしいのではないか。

俺のそんな懸念を告げると、月子は屈託なく笑った。

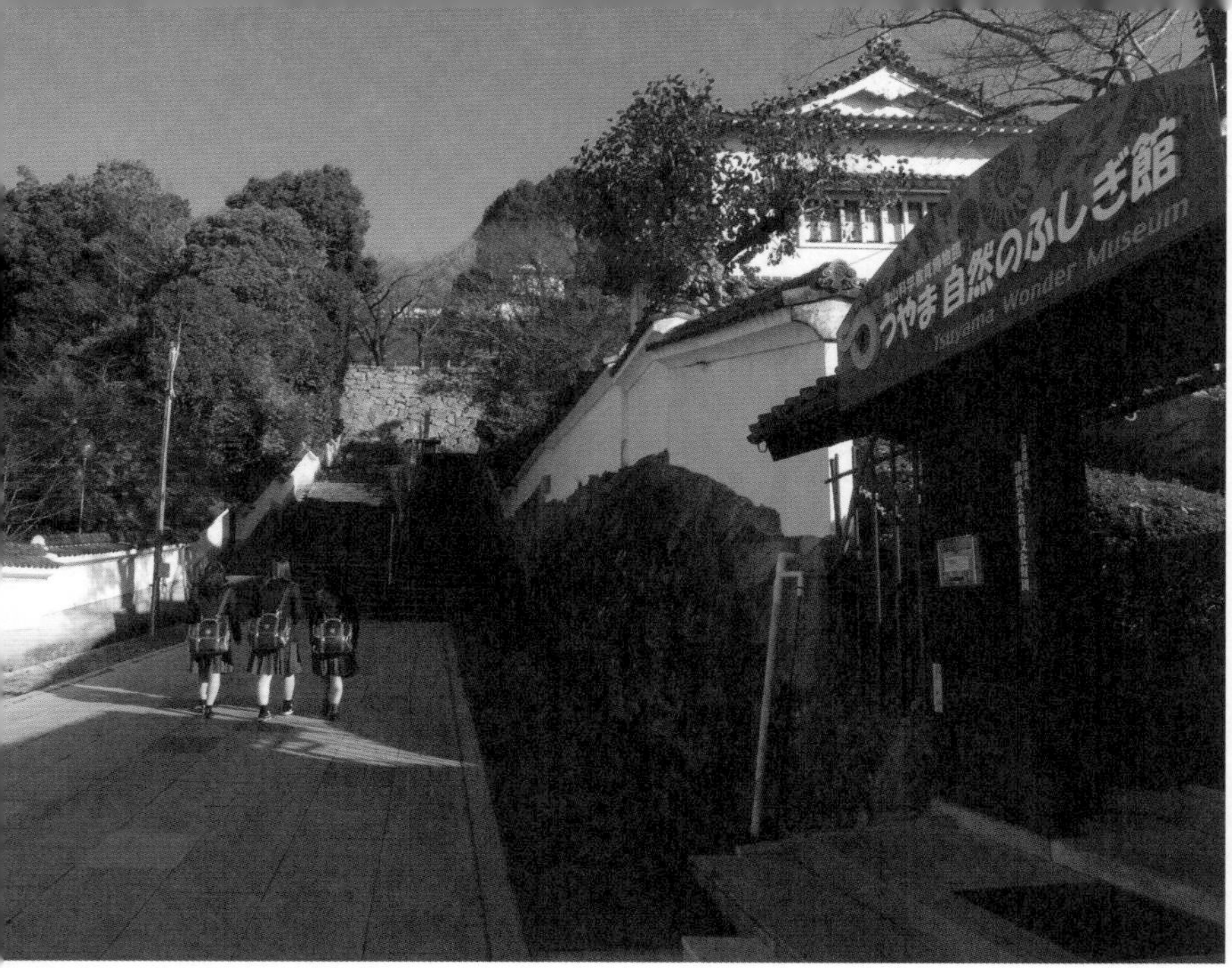

津山城（鶴山公園）に続く階段
右手につやま自然のふしぎ館がある

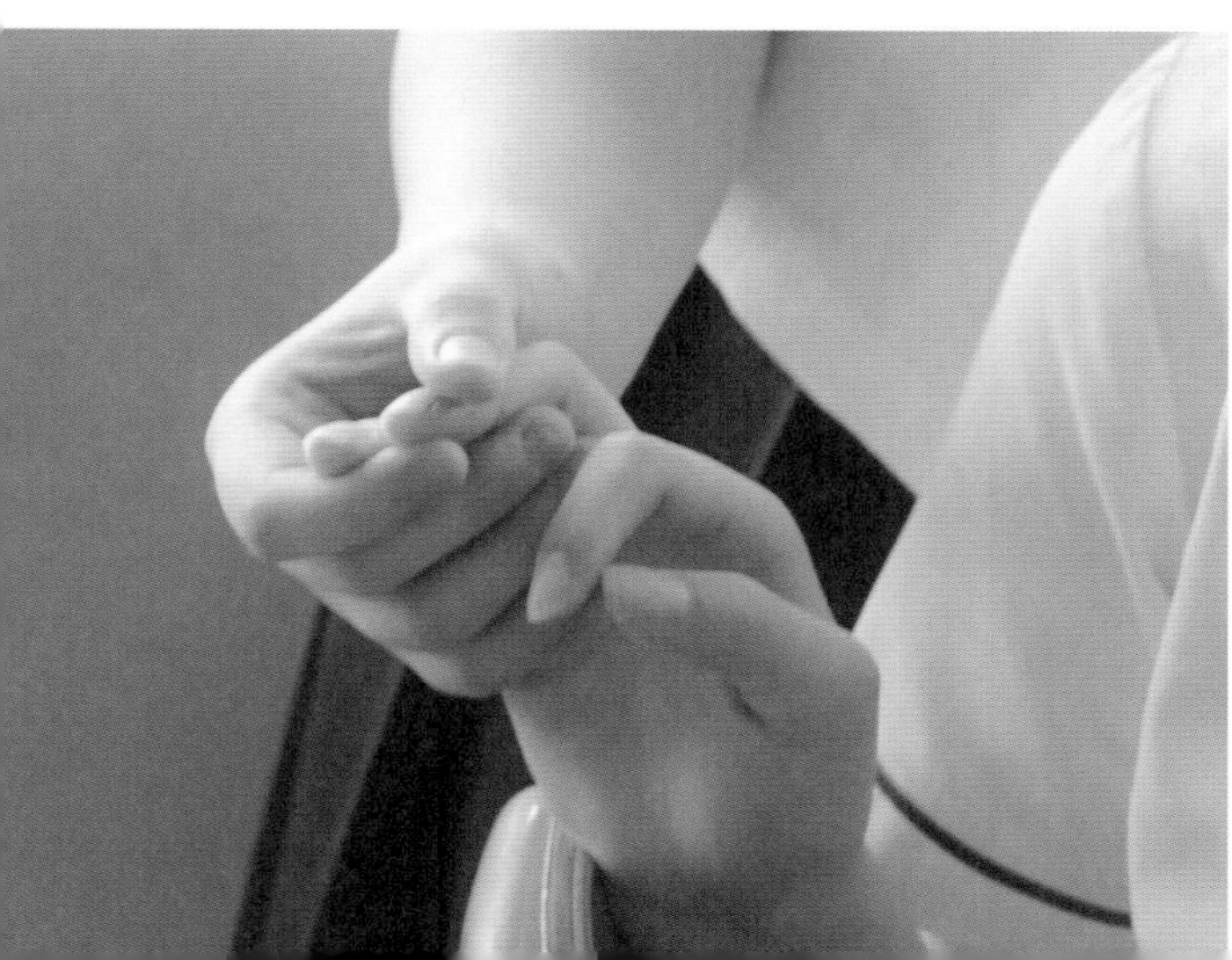

「そんなことない。本当はこの交際をみんなに自慢したくてたまらないわ」

はじけるような、笑顔。月子はよく笑う。

彼女を、今すぐ抱きしめたくてたまらなかった。

「よかった。そう言ってくれて」

「でも、剣道部は男女交際禁止だってキャプテンが言っているから、部員達には見られたくないな」

「じゃあ、今まで通り、学校内では内緒か」

「うん……」

月子は残念そうに頷いた。

仕方ない、彼女を守るためだ。そして、俺自身を守るためでもある。こんな可愛くて穏やかで優しい月子と交際していることが知れたら、クラスの皆からなんて思われるだろうか。女性は嫉妬が激しいと思われがちだが、むしろ男の方が秘めたる嫉妬心を強く持つものだと思っている。横やりが入ってきたら大変だ。

俺は彼女の手を握った。お互い自転車通学であるのがとても惜しい。今日は手を洗わないと決めた。できるものなら、この石垣（※50）の通りを、武家屋敷の連なる通りを、手をつないで歩きたい。彼女とずっと触れていたい。会話なんて、いらない。月子の手のぬくもりを感じ、微笑みに癒されていれば、時間なんてあっという間に経ってしまうだろう。

「明日ね、翔太君の下宿に迎えに行ってもいい？」

彼女が上目遣いで俺の顔を覗きこんだ。

「いいけど、どうして？」

「翔太君とくっついていたいから、私の自転車一台で学校に行きましょう。学校の近くで降りれば、ばれないわ」

「でも、二人乗りだ」

「いけないの？」

「二人乗りはいけないって姫田先生が言ってたからな」

月子はゲラゲラと笑い出した。俺はその意味がわからず、ちょっとだけムッとしたが、しばらくしてその意味にはっとした。変なところ真面目、そうなんだよな、俺は。

もしかしたら月子は俺のこと、俺よりも理解しているのかもしれない。京都でも交際した女性はいたが、こんな子は初めてだ。ああ、どうか神様、この幸せが、季節を何度重ねても続きますように。散りゆく桜に俺は祈った。

『だめの子日記』光吉智加枝（※47）
昭和50年2月、交通事故で亡くなった当時県立津山高校1年の光吉智加枝さんの小学校4年から死の直前までの日記。ご両親の働きかけにより翌年に小学館から出版され、その後国語の教科書にも採用された。

花冷えの城の石崖手で叩く（※48）
津山出身の俳人・西東三鬼（さいとうさんき）の句。鶴山公園のサクラを詠んだとされる句であり、現在は津山文化センターにこの句の碑がある。

西東三鬼（※49）
さいとうさんき、明治33年（1900）—昭和37年（1962）岡山県苫田郡津山町大字南新座（現在の津山市南新座）出身の俳人。本名・斎藤敬直（さいとうけいちょく）。途中東京に移住するも、岡山津山中学（現・岡山県立津山高等学校）で学んだ。新興俳句の旗手、鬼才と呼ばれ、津山市で行われている俳句文芸賞「西東三鬼賞」にその名を残している。

石垣（※50）
津山城の石垣群の見事さは全国でも屈指とされており、その荘厳さはかつて五層の天守がそびえていた雄大な面影を感じさせる。石垣面には、全国の城の石垣を組んだ職人集団『穴太衆（あのうしゅう）』の残した様々な刻印が各所に見られ、また恋愛成就スポットとして若者達に注目されているハート形の石なども注目を集めている。

ありし日の津山城
広島城、姫路城に次いで日本で三番目に櫓の数が多い
城郭であった。姫路城、松山城と共に日本三大平山城
に数えられる

第四章　雨の衆楽園

暗黒のはずだった青春は、月子のおかげで眩しすぎるくらい光あふれる日々になった。内緒だったはずの交際は、いつしか誰もが知るところとなっていた。毎日のように一緒に帰っていたら当たり前だ。どうやら彼女は、津高の三大美女と呼ばれるほど人気のある女生徒だったらしい。高嶺の花ゆえに、誰も手が出せなかった花を、突然現れたヨソ者の俺が空気を読まず摘んでしまった、そんなところだ。

おかげで、俺はさらにクラス中……いや学校中からの反感を買うこととなった。だが、そんなの関係ない。元々友人もいないし、嫌われ者なんだから。彼女さえいれば、それでいい。学校生活はバラ色だ。

そんなこんなで気が付けば、交際を始めて五か月ほど経っていた。夏ももうすぐ終わりに近づいてきていたが、下宿の目の前の大隅神社の木々には、夏の終わりを惜しむように、セミ達がジイジイと五月蠅く鳴きわめいている。神門を抜けた後に続いている生い茂る緑は、照り付ける太陽の日差しから、俺達を優しく守ってくれていた。

月子と俺の交際は、不器用ながらも順調に続いている。

「お帰り」

大隅神社の境内で俺を待っていた彼女は、額ににじむ汗を拭いた。夏休み中は京都にずっと帰省をしていたため、今日は一か月ぶりのデートである。

「どうだった、里帰りは」

「楽しかったよ、地元の友達と毎日遊んでいてさ」

「ふうん。それはよかったね」

彼女は微笑んだ。ちょっと残念そうに。

「ねえ翔太君、日記ノートは？」

「持ってきたよ。そんなにたいしたことは書いてないけれど」

「見せて」

月子は俺が持っていた大学ノートを奪うように受け取った。控えめな彼女が珍しく強引だったのが気になった。日記ノートとは、俺が京都への一か月の帰省中、毎日の行動を記録したものである。筆はまめな方じゃないが、月子たっての希望で書くことになった。

真剣に、俺の書いた文字を追っている彼女。そんなに真剣に読むのなら、もっと真面目に書けばよかった。でもなぜ、月子は俺に日記を書くように命じたのだろう。ここ津山の人は、姫田先生といい、意味不明なことを命じる人が多い。従う俺も俺なのだが。

「ねえ、八月二十日に会ったって書いている久美って人、誰？」

眉をしかめて月子がつぶやいた。

「ん？　京都にいた時に交際していた子だよ」

「会ったの？」

「ああ。伏見稲荷大社でデートしたよ。オシャレな喫茶店があってさ、どうしても行きたいってその子に誘われたから」

月子は戸惑ったような顔を見せた。何か俺、変なことを言ったのだろうか。

「いい店だったよ。今度、月子も京都に来た時一緒に行こうよ」

「私は、いいや」

「なんで？」

「京都、遠いモン」

実は月子も俺の帰省中、京都に一度だけ、倉敷のノートルダム清心女子高に行っている友人と一緒に、俺を訪ねて俺の実家にやって来た。その後、三条にあったポパイという洒落た喫茶店に行き、二人でお寺巡りして、お参りをした。もちろんこのままずっと月子と一緒にいたいと願った。その時は、また来たいって言っていたのに、なぜだ。

月子は黙っている。困っているような顔にも見えた。その表情も、どこか可愛い。もし

かして、嫉妬しているのだろうか。もし彼女の心の声に語り掛けることができるなら、俺は言いたい。心配無用だと。俺がなぜ日記ノートにこんなことを書いたのかというと、君にもっと好きになってほしいから。この田舎だとヨソ者扱いされているが、地元では人気者の俺を自慢したかったんだ。

「おばさんの知り合いからコンサートのチケット二枚もらってな。今晩、津山文化センター（※51）で」

「誰の？」

「アリス！」

「えーっ、行く行く！　チンペイさん大好き！」

「俺はべーやん」

月子は俺の腕にしがみついた。いつにも増してその力は強かった。どうやら作戦は成功したようだ。

＊　＊　＊

九月に入り、憂鬱な新学期が始まった。

新学期には、文化祭の十六夜祭（※52）がある。クラスから孤立している俺は、そのことを考えると気が重かった。月子も剣道部やクラスの出し物で忙しいだろうし、俺は何していればいいのだろう。できるものなら三日間休みたい。

「山本、おまえは十六夜祭で演劇チームに入るんじゃ」

「は？」

「体も大きい方だ。舞台映えするじゃろう」

突然職員室に呼び出された俺は、担任の坂出先生の提案に度肝を抜かれた。

「演劇なんて、やったことないんですが」

「みんな最初はそうなんじゃ」

先生は俺をなだめるように肩をたたいた。それはまるで、そのことが決定事項であるかのようだった。

「おまえ、まだ津山になじめず、友達いないだろ。なら十六夜祭はどう過ごすんじゃい」

二の句が継げなかった。職員室の奥では、姫田先生がお茶を飲みながらこちらの方をちらちら心配そうに見ている。ピンときた。もうこれは、俺が参加する方向で、先生達の間で話が進んでいるのであろう。

「おまえには主役をやってもらうから、いいだろ」

「はあ」

仕方なく頷いた。主役だから受けたわけではない。先生達への憐みだ。俺は別にこの学校で浮いていてもかまわない。しかし、教育上の責任として放置するわけにもいかないだろうから、先生達も大変だなと思った次第だ。

登校時校門挨拶風景漫画

津山高校卒業記念アルバムより

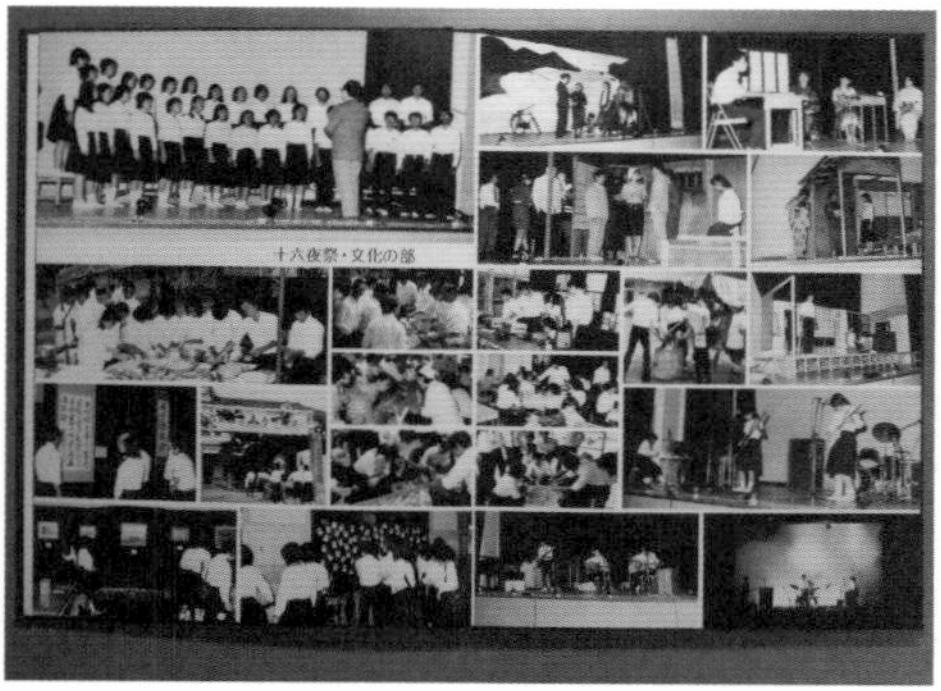

登校時校門風景／服装を厳しくチェック

「なんじゃ、その浮かない顔は！　不満があるならはっきり言い……」

「いえ、ありません」

おとなしく頷いたはずなのに、先生は大きくため息をついた。

「最近の生徒は元気がないのう」

そんなことはない、言い返そうと思ったが墓穴を掘るような気がして言葉を飲み込んだ。

「学生運動（※53）の時とは大違いじゃ。まあ、あん時は我々も大変だったがな」

「……学生運動？　津高でもそんなのがあったんですか？」

「当たり前じゃ。受験体制を批判する生徒達がな、我々に詰め寄ってきてな。挙句の果てに、由緒ある校札が何者かに盗まれてだな。七年ほど前の出来事じゃ」

「校札を⁉」

「そうじゃ……」

坂出先生は、眉をしかめながらも、どこか嬉しそうにその時代の話を始めた。話は長かったが苦ではなかった。津山高校にもそんな先輩がいたのかと思うと、同志を見つけたようでどこかワクワクする。俺もきっと、その時代に生まれていれば、校札を盗んだ一味に入っていただろう。なんせ、教室で暴力をするほど武闘派の俺だからな。

翌日から稽古は始まった。演出は坂出先生が担当することになった。

「婆さんは手先だけで震えちゃいかん。肩に力を入れて、ほらもっとぎこちなく」

稽古場になっている教室に、怒号が響く。やりゃあいいんでしょう、やりゃ。

「気持ちが入ってない！　もう一度」

腰を曲げ、お婆さんの身なりをした俺に、厳しい言葉を坂出先生は浴びせた。

主役と聞いて、どんな格好いい役だろうと期待していたが、どっこい、上演する『こいこく』という芝居の主役は、東北弁のお婆さんの役だった。これは完全にミスキャストである。十六夜祭の演劇チームには、他クラス、他学年の生徒達もいる。中には女子もいるのに、この俺が老婆はないだろう、老婆は。

「チカさん、セリフ飛ばしてる」

チカさんとは、老婆の役名だ。

「もっと感情を開放するんだ。恥ずかしがるんじゃない！」

坂出先生は文化祭の高校演劇と言えど容赦ない。俺だってやるからには演劇発表の部で素晴らしいものを披露したい気持ちはある。でも、老婆なぞ、自分とかけ離れた存在を演じるのは、プロの俳優だって難しいのではないか。不満を押し殺しながらも、頭の中に保存していたセリフを言葉にする。

「そんな棒じゃ、セリフが可哀そうだぞ」

ゴンと、台本で頭をぶたれた。クスクスと、稽古を見ている他の役者や裏方役の生徒達が笑っている。頼まれてやっているのに、なんだこの仕打ちは。何かの刑なのだろうか。もしかしたら坂出先生は、俺が不満をぶちまけるのを期待しているのか？　学生紛争で反抗した先輩方のように、自分の意見を訴えることを求めているのだろうか。

「なんじゃその顔は！」

坂出先生はもう一度、台本で俺の頭をはたく。

俺は我慢ができなくなった。老婆の衣装のまま叫んだ。

「老人は大切にしてください！」

教室内が、どっと笑いに包まれた。

十日という短い練習期間だったが、十六夜祭での演劇発表は大成功を収めた。そう、一学年下の一年五組の演奏の後ながら。

一年五組、男組。津山高校は男子比率が高く、年によって学年に男子のみのクラスができる。

♬学校サボって　授業をサボって　北中へ行った

北中のネエチャンが横目でにらむー

いれたいなッ　いれたいなッ

北中のネエチャンを津高に入れたいなー♬

十六夜祭恒例の男子クラスの大合唱。会場の男子は大うけ。先生達は「また今年もか」とあきれ顔。

私の出番はこの後だった。

津高生にとって十六夜祭は特別なものである。地域一番の進学校として受験勉強に明け暮れる中、生徒達が思い思いに青春時代の同じ時を過ごした共有意識、自己表現をぶつける熱い場である。そして地域の一大イベントと言っても過言ではない。今や平成で最もCDを売り上げ、日本一の歌手となった稲葉浩志さんも、この十六夜祭がデビューのきっかけとなった。彼は同級生の仲間とともにICBMというロックバンドを結成し、十六夜祭のコンサートに臨んだ。しかし練習をしすぎて十六夜祭本番で声が出なくなりコンサートが上手くいかなった。この時の悔しさで歌手を目指した、という逸話がある。

芝居の始まりの頃は会場がまだざわついていたが、だんだん舞台に注目が集まってきた。坂出先生の厳しい指導の甲斐あって板についた東北弁が舞台上でポンポン飛び出してくる。まるで練習の時が嘘のように。俺の迫真の老婆の演技に、観客達は大爆笑。その気になった俺は、さらに乗ってくる。俺以外の役者も迫真の演技をする。そしてクライマックス、

津山高校の文化祭「十六夜祭（いざよいさい）」

観客の拍手が鳴りやまなかった。俺は心の中で（やった！）と何度も何度も絶叫した。はじめて津山高校の一員となった気がした。

「お疲れさん」

舞台袖で坂出先生が俺の肩を叩いた。不貞腐れ、憐みでこの演劇に参加した俺だったが、どうやら先生達の術中にはまってしまったようだ。この学校に来てはじめて、青春らしいことができた、と思った。

「よかったぞ、見直した」

続いて角北が後ろから俺に抱きつく。

「見直したって、見下してたのかよ」

周囲の演者、スタッフがどっと沸く。

この演劇のおかげで、他クラス、他学年と結びつくこともできた。そして稽古を通じて角北いうはじめての友人ができたのが一番の収穫だった。角北は野球部のレギュラー。坊主頭で、顔はボーっとしているが、質実剛健文武両道の優等生。実は、俺の指導係として演劇チームに無理やり入れられたそうだ。

真面目な彼は稽古をサボろうとする俺を教室まで迎えに来たり、坂出先生と一緒になって演技についてのダメ出しをするなど、当初は俺からみたら嫌な奴だった。しかし、稽古を共にし、ぶつかり合うことで、だんだん心が通じ合っていることに気づいた。同じ時間を過ごすこと、一つのものを作り上げること、そして目標に向かって進むこと。この三つが揃えば、ヨソ者だって、仲間になれる。

今までプライドが高くて、なにかにつけて言い訳をして、俺は積極的に仲間の輪に入っていってなかった。ヨソ者だと言われてから、津山高校に染まることを避けていたような気がする。そんな俺自身を心から悔やんだ。そして、知らず知らずこの高校に染まっている自分がうれしかった。

＊　＊　＊

「チカさん、人気者ね」

いつもの帰り道、後輩から声をかけられた俺の横で、月子がにっこり笑った。ありがたいことに、文化祭の演劇のおかげで知らない生徒からも声をかけられることが多くなった。役名のチカさん、と呼ばれるのは少々腑に落ちないが、それだけ俺の演技がすごかったということだろう。

二人は学校近くにある喫茶店で話し込んだ。大人になり、いつもB'zの稲葉さんが歌う歌詞にある喫茶店はここだったに違いないと思う喫茶店で。俺は実は甘党だが、無理してブラックを注文する。

「こんなにまで影響があるとは思わなかったな」

「本当に神がかっていたわ。翔太君、もしかして出雲阿国（※54）の子孫なんじゃないの？」

衆楽公園

「出雲阿国？」

「歌舞伎の元祖とされている人。京都で初めてかぶき踊りを踊った女性。知らないの？愛人の名古屋山三郎（※55）が彼女に踊りを教えたって伝説があるわ。戦国時代一のハンサムボーイだったって。彼は津山の院庄（※56）で亡くなったのよ。有吉佐和子の小説（※57）を読んだの」

「へぇ……調べてみようかな」

「私、絶対そうだと思う。将来、俳優にでもなったらどう？」

「俳優か。なったら山口百恵ちゃんと結婚できるかね」

「もー、そんなのダメ！」

当然冗談に決まっている。仮に演技の才能があったとしても、俳優なんてガラじゃない。つらい稽古もうんざりだ。そんな俺の心のうちを知らずに、月子は頬を膨らませている。不機嫌そうな顔も可愛らしい。

「コーヒーの漢字があるでしょ？」

「王に加えると、王に非ず（珈琲）……だけど」

「この字を充てたのは宇田川榕菴っていう津山藩の藩医。日本史の棟田先生が言ってた」

「へー、知らなかった」

「珈琲の字は、女性の首飾りという意味があるんだって。ロマンチックだと思わない？」

「珈琲の文字が生まれたまち・津山として、津山珈琲を津山名物にすべきだな。ところでさ、月子こそどうするの、将来」

ちょうど、学校で進路相談のアンケートがあったところだった。ちなみに俺は白紙で出した。

「うーん、内緒」

「なんだよ、水臭いな。じゃ、大学はどうするの」

「それも、内緒」

「あ、もしかして、月子のことだから、剣道で推薦の話があるとか?」

いたずらっぽく笑った彼女の顔が突然曇った。

「剣道……」

「京都教育大って、インターハイ個人優勝した女性剣士が入学したよ。城南高の女子剣道部はいつもこの平川選手に負けて全国大会に出れなかった。そことかいいんじゃないの」

「やめて!」

俺の言葉を遮るように、月子は叫んだ。何か、まずいこと言ったか?

——そういえば、今日、彼女は部活のない日だと言って俺と共に帰っている。テスト休みでもなく、部活の定休日でもないのに、考えてみれば不思議だ。

沈黙の中の、いつもとちょっと早い帰り道。俺達はそのまま衆楽園(※58)へ足を延ばした。

津山高校旧本館内の書庫

平日昼下がりの庭園は、人もまばらでデートにもってこいである。真っ赤な紅葉も見頃の時期を迎えていたが、曇り空でいつ雨が降ってきてもおかしくない空模様。俺達以外に人影は見られなかった。

しばらくの沈黙の後、彼女はゆっくり口を開いた。

「私、剣道部、やめようかなって思ってるの」

「え」

「一年で入ってきた後輩が一人すごく強くてね……最近、ずっとレギュラーを外されているんだ」

俺は自分が一日でギブアップしたあの練習を、一年半もこなしている彼女を尊敬していた。部活の練習以外にも、俺と会う週末は早起きして家や近所の道場で自主練をしているのを俺は知っている。そんな彼女がここまで思うのは、レギュラーを奪われたことが相当ショックだったのだろう。もしかしたら、津高剣道部でレギュラーという自信が、彼女のつらい練習に耐える原動力だったのかもしれない。

「どうしたらいいと思う？　私」

潤んだ目で彼女が俺を見つめる。こんな月子を初めて見た。

「やめたらいいんじゃないかな。そうすれば、月子の部活の終わるのを待たなくても一緒に帰れる」

空からは、雫が落ちてきた。まるで月子の代わりに涙を流しているようだ。

俺は彼女の肩を抱いて、木陰に誘った。

「そうね……そうすれば、翔太君といっぱいデートできるね」

月子は俺の胸の中で微笑んだ。空は曇っているが、ここだけ太陽がさしたように明るい。

彼女も、きっと、俺に背中を押してほしかったんだろう。

「月子」

気が付けば、俺は彼女の唇に自分の唇を重ね合わせていた。

月子の柔らかい唇は、俺を優しく迎え入れてくれているようだった。体中の体温が一気に上昇しているのを感じる。彼女の手が震えているのに気が付き、俺は体ごとそっと抱き寄せた。生まれてはじめてのキス……。

好きだ。月子が好きだ。

地元の京都にいる頃から俺は浮気性で、正直月子のことも最初見た時は、可愛い子くらいに思っていた。しかし、今はどうだ。可愛いだけじゃない。性格、存在、全部を愛している。彼女と永遠にいたいと思った。気が付けば、本気で惚れていた。

なあ、月子。さっき、将来の夢は内緒って言っていただろう？　もしかして、俺のお嫁さんになりたいって思ってたんじゃないかな？　思ってなかったとしても、俺、そう思っていいかな？

翌日、月子から手紙をもらった。
「女の子の夢を奪った悪い人」と書かれてあった。

津山文化センター（※51）
昭和40年（１９６５）竣工の多目的ホール。建築家・川島甲士の代表作であり、構造設計は構造家・木村俊彦が手掛けた。建物は、津山城の末広がりの石垣と対称に、幾重にもせり出す軒を支える「斗栱構造」をコンクリートで表現している。展示ホールの壁画はグラフィックデザイナー・粟津潔が、センター内壁画のレリーフやモザイクは、津山市出身の陶芸家・白石齊が手掛けた。日本建設業連合会のＢＣＳ賞受賞、「日本におけるＤＯＣＯＭＯＭＯ選定建築物」に指定されるなど、その意匠的な建築は建造物としての評価が高く、市のシンボル的な存在となっている。平成29年度から大改修が行われ、令和２年4月リニューアルオープンした。２０２１年より「津山国際環境映画祭」の会場となる。

十六夜祭（※52）
毎年秋に岡山県立津山高等学校で開催される文化祭・体育祭的イベント。津山高校最大のイベントであり、３日間にわたって行われる。この地で後鳥羽上皇が十六夜の月見をしたという伝聞があり、周辺の山は古くから十六夜山と呼ばれていたことが名前の由来。校内敷地内にある十六夜山古墳にもその名を残している。稲葉浩志氏もこの十六夜祭でロックバンドデビュー。２０２１年製作のオール津山ロケ映画『十六夜の月子』の語源でもある。

学生運動（※53）
１９６０年代の安保闘争や、１９６８年—１９７０年の全共闘運動・大学紛争などが有名な、学生が理想の実現のために組織的に行う政治・社会運動。当時は社会的にも大きな力をもった。１９６０年から１９７０年の間に高まりを見せ、高校生のあいだにも広がりを見せた。

出雲阿国（※54）
いずものおくに。元亀3年？（１５７２）—没年不詳。出雲大社の巫女（みこ）の出身といわれている。安土桃山時代に『かぶき踊り』

を創始したことで知られる。このかぶき踊りが様々な変遷を得て、現在の歌舞伎が出来上がったといわれている。

名古屋山三郎（※55）
なごやさんさぶろう。安土桃山時代の武将。森忠政の家臣として仕え、戦国三大美少年としても有名。また、遊芸にも通じたかぶき者であった。妻は出雲阿国ともいわれており、ともに歌舞伎の祖とされている。津山市院庄で没。早稲田大学演劇博物館にある歌舞伎に関する貴重な資料は大半が津山市の寄贈である。

院庄（※56）
いんのしょう。美作国守護館跡があり、現在は作楽神社が鎮座する。後醍醐天皇の隠岐配流にちなむ史跡で『太平記』には、児島高徳が天皇の奪回を企てて果たせず、宿所に忍び込み、「天莫空勾践　時非無范蠡」と庭の桜の木に彫り心中を伝えたといわれる。

有吉佐和子の小説（※57）
有吉佐和子著『出雲の阿国』。昭和44年度（1969）芸術選奨受賞作。最愛の人・山三（名古屋山三郎）との出会いと離別などを通して自らの情熱を歌舞伎に結晶させていく阿国の姿を描く。

衆楽園（※58）
津山藩2代藩主森長継が京都の仙洞御所を模してつくらせたという池泉回遊式の大名庭園。平成14年9月には「旧津山藩別邸庭園（衆楽園）」として国の名勝に指定された。現在は、四季折々の風景を楽しむことができる庭園として市民に親しまれている。

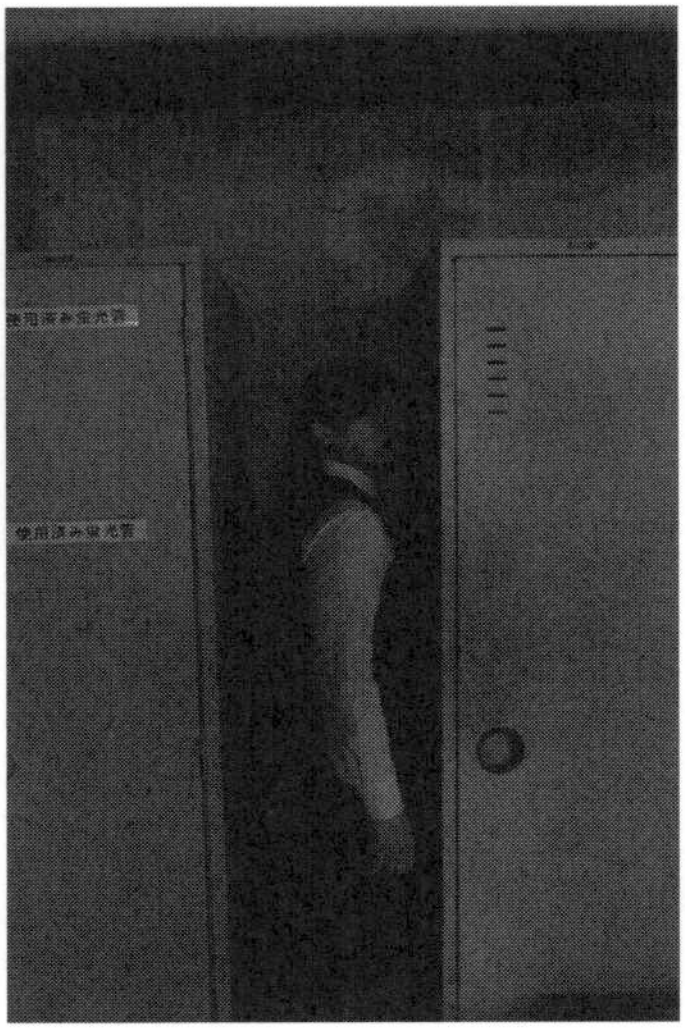

言いしれぬ将来への不安
言葉にできない息苦しさ
見えない何かに押しつぶされそうになる。
そんな気持ちを表現してみました。

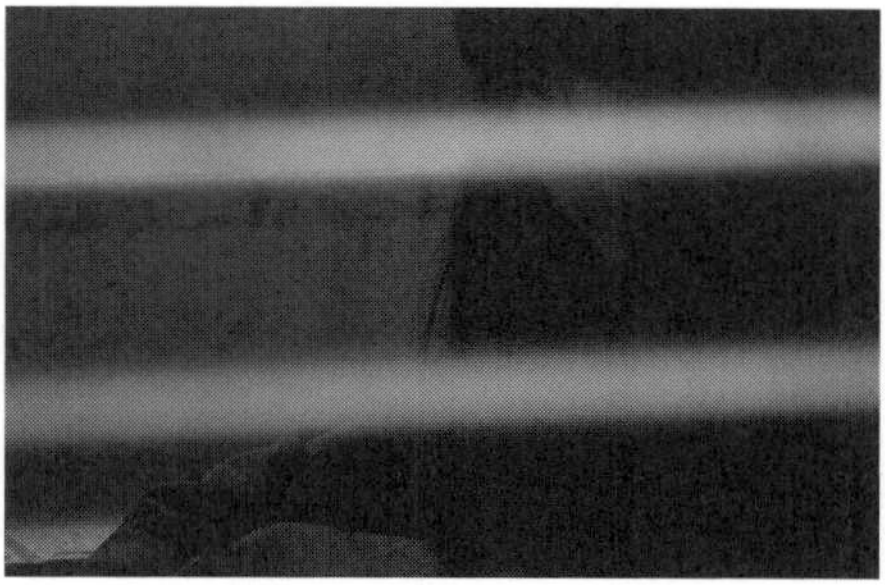

「閉塞」

「写真甲子園2019　津山高等学校報道部応募作品」

※写真甲子園とは、全国高等学校写真選手権大会のこと

私たちは、雨が降ったのち晴れあがり行く空と、その空を仰ぎ見る人たちの写真を撮りました。雨の降り続ける暗い空から、光がさす明るい空へと徐々に移行して行くことによって、写真にうつる空気感の変化と、その変化に思いを馳せる人たちの仔細な心情を表現することができたと思います。新型コロナウイルスの影響で社会に暗雲が立ち込める中、いつかは雨が止み、そしてまた光のさす世の中に戻ってほしい。そんな思いを込めて撮った写真です。

「雨のち晴れ」

「写真甲子園2020　津山高等学校報道部応募作品」

第五章　めぐる季節の中で

月子が剣道部をやめてから、俺と彼女は片時も離れることはなかった。片時も、とは言いすぎか。違うクラスなので、授業中は離れている。休み時間も暇があれば月子のクラスに行っておしゃべりをし、昼休みも共にする。もちろん登下校も一緒だ。二人乗りは姫田先生が怖いので控えていたが、衆楽園やお城山、商店街にある本屋に寄り道し、自転車を停めてぶらぶらと立ち読みをしながら放課後の時間を共にしていた。

本屋では、二人並んで同じヤング雑誌を読みながら、店員から何も注意されないことをいいことに、飽きるまで一緒にいた。ちなみに、大阪に本社を構える旭屋書店は全国にチェーン展開をしている大きな本屋であるが、創業者の早嶋喜一(※59)氏が津山高校のOBであるため、津高生の立ち読みは黙認したという逸話がある。

月子と俺は城東地区に住んでいるが、いつも賑やかなアーケード商店街に寄り道して一緒に帰った。津高から南に裁判所前を通ってそのまま行くと元魚町アーケード商店街の入口がある。アーケード商店街に入ると、ブラジルコーヒーという当時では珍しい珈琲を焙煎する珈琲豆の販売店からの香しい珈琲の香りが漂ってくる。プーンとする珈琲の香りはまさしく文化の香りだ。ブラジルコーヒーの真向かいには大きな吉田楽器店がある。吉田楽器店の奥様と俺の母さんは勝央町から一緒に津高に通っていた、と聞かされていた。母さんは勝央町石生の自宅から勝間田駅まで毎日、往復八キロの道を徒歩で通っていたという。そこから汽車に乗り津山駅へ。そこから徒歩二十分かけて津高へ。しかし勉学が楽しかったという。昔の人は凄い。俺には到底無理だ。月子がいなければ、自転車で一・六キロの通学がとても遠い。

しかし津山の商店街は楽しい。珈琲と音楽。アーケードの天井は鏡張りになっている。大阪日本万国博覧会の会場設計に関わった人達が設計したとのこと。津山のこの文化度の高さは凄い。京都にも西京極という全国ブランドのアーケード商店街があるが、お土産屋が中心だ。津山は、そこに住む、住民達の生活の質の向上を目指した店舗が並んでいる。本屋も多く、細田フルーツパーラーもあり、高校生にとって毎日通いたくなるテーマパークだ。

今日も月子と商店街で帰宅デート。電気屋のテレビから、「津山高校コーナーキック」という言葉が聞こえてきた。その言葉につられ月子と二人でテレビを見ると、同級生の小橋君が映っている。全国高校サッカー大会への出場を賭けた高校サッカー岡山県大会の決勝戦だ。津山高校は宿敵作陽高校を破り決勝に進出。強豪水島工業との一戦だ。思わず月子と一緒にテレビにのめりこんだ。知っている顔がテレビにたくさん映っている。しかし何やら皆ぎこちない。コーナーキックを蹴る小橋君が何やら手をふりサインを送っている。しかし的外れなところへボールを蹴った。サイン違いだったのだろうか。実はテレビに映らないところではこんなことがあったそうだ……。


ハーフタイム。津山高校ベンチ。津山高校は二対〇で負けている。

「小橋。コーナーキックの時に、訳のわからん動きをするなや」

「ええが。せっかくテレビに映っとるんじゃけん、目立たないけんじゃろが」

「ドアホ。勝手にサインの真似などするな。皆パニくるじゃろ」

「しかし、あないにテレビカメラが何台もあると意識して緊張するよな。みんな。落ち着くために一服吸おうぜ」

「おう。落ち着けよう。皆緊張しとる。一服じゃ。隠れて吸おう」

ベンチの裏で一服したその時である。ピーポーピーポーと消防車のサイレンが鳴った。慌てて吸いかけたたばこの火を消した。

慌てふためいた津高イレブンは、後半もいいところなく三対一で水島工業に敗れさった。

「ええなあ、彼女」

休み時間、訪ねてきた月子を見送った俺に、ぼーとした顔で角北がつぶやく。

「角北は将来モテるはずさ。勉強できるし。いい大学行けば、自然と女は寄ってくるさ」

「ってことは今はムリ、ってことか？」

角北が不満げに坊主頭を掻いた。優等生の角北は野球部だ。京大を目指している。

「頑張れば大丈夫じゃない？」

「頑張るっても、どうすりゃいいかわからんの」

「そうだ、月子の友達の中谷さんや小島さん、紹介してもらおうか」

「……いいのか？　そんな美人」

「お願いするだけだからな」

「ひゃっほう！！！」

角北の声にクラス中が注目した。無理もない、優等生でスポーツマンの角北の、俺も初めて聞く陽気な心の叫びだからな。

「絶対だからな、絶対！」

「あ、ああ。でも、彼女らがオーケーしてくれればの話だけど」

「なあ、なあ、何話してるんだ」

騒ぎを聞きつけ、クラスメイト達が俺達の周りに集まる。

「あのな、角北が彼女が欲しいって……」

「ちょっと、言うなよ！」

笑い声が俺達を包む。十六夜祭以来、俺を包む周囲の目が柔らかくなったように感じる。ヨソ者とも、ニセ本とも言われることはなくなった。それは全て、あの演劇のおかげだ。

ただ、一部の輩を除いては。

「……」

突き刺すような視線を感じた。剣道部の林である。

林は、俺のことを陰で『女たぶらかし野郎』と言いふらしているらしい。彼は、俺が月子をそそのかして、剣道部をやめさせたと勘違いしているようだ。

言いたい奴には言わせておこう。俺はひとつも間違えたことなんてしていない。剣道部をやめたいという相談を月子から受けていたけど、決断したのは彼女だ。しかも、俺といる時はとても嬉しそうにしている。思い返せば、剣道部をやめる直前の月子は、心労があったのか、連日の練習の疲れからか、どこかやつれていたように思える。

それが今はどうだ、いつも俺の前で満面の笑顔ではしゃいでいる。その曇りのない笑顔は、俺の心も豊かにさせる。

「どうしたの、翔太君？」

口にご飯粒を一つつけた彼女が、心配そうに俺の顔を覗いた。

市北部の横野滝
夏、滝の清流で流す
そうめん流しが名物

黒沢山からの雲海
冬場、晴れの日は雲
海が発生しやすい

昼休み。笑顔で弁当をほおばる彼女に俺は見とれていたのだ。

「お弁当、すすんでないよ。まずかった？」

「いや、美味しいよ」

毎週水曜日は、月子がお弁当を作ってくれる日だ。俺は一応下宿のミツコおばさんが作ってくれる弁当があるのだが、この日ばかりは彼女におばさんのお弁当を食べてもらい、俺が彼女の弁当を食べることにしている。

「本当に、うまいよ」

「下宿のお弁当も美味しくて羨ましいわ。干し肉（※60）なんて入っていて、豪華」

「……そうだ、今度さ、俺の友達と、月子の友達と一緒に遊びに行かない？　みんなで弁当持って、横野滝（※61）あたりにハイキングに行ってみないか？　遠いようなら石山（※62）さんでもいいし」

「素敵ね。でも、今は寒いから、春になったらがいいな」

「そうだな。それもそうか」

季節は冬になっていた。もう少しで高校二年が終わってしまう。

思えば激動の一年だった。転入したのはいいが、ヨソ者だと非難され、激怒し喧嘩。そして停学。月子との出会い。十六夜祭での歓喜、月子との口づけ……

激動だったが、総合すると最高の一年だった。

「おいおい、女たぶらかし野郎がよく堂々と女と飯食えるよな」

林、そして剣道部で林の取り巻きである川島が俺らを見てニヤニヤ笑っていた。

「おまえ、停学で試験を受けられず中間テストで全科目零点だったそうじゃないか。女と遊ぶ暇あるのか？」

横では月子が困惑の表情を見せていた。俺は何を言われてもいいが、月子には惨めな思いをさせたくない。そう思った。

川島がバカにするように言う。

「月子さん、こんな奴のために剣道やめたの？」

「一日で練習に音を上げたヘッポコだぜ」

拳が震える。あの時のように、こいつらを殴りたい。だけど、彼女をこれ以上、困らせるわけにはいかない。

「音を上げたわけじゃない。あの練習が合ってないと思っただけだ。あの厳しいだけの稽古で、俺の青春を潰したくなかっただけだ」

精一杯の強がりを絞り出す。

「俺は、京都の強豪校の剣道部のレギュラーだったんだからな」

俺は林の瞳を見つめて睨んだ。

「ほう。じゃあ、武道大会は楽勝なんだな」

挑発するように、林は言った。

「……もちろん」

武道大会（※63）――津山高校では冬の一定期間、部活が禁止となり、クラス対抗の武道大会が開催される。女子生徒はなぎなた、男子生徒は柔道、あるいは剣道を選択し、トーナメントで戦う、津高の冬の一大イベントだ。

剣道部は剣道で出場できないため、俺は経験者として自信があった。

「楽しみにしてるよ。俺らは出られないけどな」

「ああ。絶対に優勝する」

林と川島は噴き出すように笑った。

「その言葉、覚えておくよ」

奴らはニヤニヤしながら去っていった。月子は心配そうな顔で俺を見ている。

心配するな、絶対に武道大会で優勝し、林の鼻をあかせてみせる。そして、月子は勝利する姿を見て、俺にもっと夢中になるだろう。絶対に、絶対に。


そして、武道大会当日。もちろん俺はクラスで大将をつとめ、その圧倒的な強さで剣道部門のトーナメントを順調に勝ち進んでいった。一方、林らの出場していた柔道部門は初戦敗退。同じクラスだが、ざまあみろだ。

準決勝では少してこずったが、俺達クラスは決勝に進出した。会場の道場には、負けた林を含む柔道部門の生徒達も剣道の応援にやってきた。舞台は整った。あとは、会場に月子が来るだけだ。決勝は、月子のクラスの十組である。道場の中心で、お互い並んで礼をする。さすが決勝に来るだけあって、相手は皆経験者で揃えていた。中には、中学で市大会優勝した奴もいるらしい。試合はどんどん進み、そして大将戦――。

先鋒・次鋒・中堅・副将、俺達のクラス一組と十組は、それぞれ星を分け合っている状態だった。つまり、俺の結果次第で優勝かそうでないかが決まるのだ。

ぞくぞくしてきた。舞台は整った。あとは、会場に月子が来るだけだ。

「前へ！」

審判が俺を呼ぶ。その言葉に従う前に、一瞬あたりを見渡した。学校中の観衆が俺達を見守っている。しかし、その中に月子はいなかった。なぜだ？　一抹の不安が心の中によぎる。

「……」

しずかに俺は試合場へ進む。

「はじめ！」

試合が始まった。俺は十組の大将と向き合う。相手も鋭い目で俺を睨んでいた。絶対優勝するという気迫を感じる。いや、でも気迫なら俺も負けていない。俺も負けていない、

体育館
十六夜祭の舞台発表はここで行われている

はずだ。

「翔太君ー！」

横から、月子の声が聞こえてきた。来てくれたのか？　俺は思わず声の方向を見た。道場の入り口に月子が立っていた。

そうだよな、彼女が来ないはずはない。何を心配していたんだ、俺は……。

「！！！」

次の瞬間、頭に激しい衝撃が襲った。

「一本！」

審判の声が道場に響く。俺はその場に立ち尽くした。

以降も試合は続いたが、ショックで動きがボロボロだったのは言うまでもない。簡単にもう一本取られてしまった。すなわち、負けたのだ。

「クヨクヨすんなよ。稽古してないんだもんな」

試合終了後、林と川島が近づいてきて半笑いで俺を慰めた。俺は何も言わず、更衣室へ向かった。

屈辱。これほどの屈辱はない。林はああ言っていたが、俺は実はこの日のために連日練習をしていた。だからこそ、自信があった。

なぜだ。この俺が、負けるなんて。うなだれて、部屋の中にあるベンチに座る。ふと、月子の顔が思い浮かんだ。月子があの時、俺の名を呼ばなければ、集中力を切らさず試合を進めていたはずだ。畜生、よそ見させやがって。ギリギリに来るからいけないんだ。月子のせいで、負けたんだ。恥ずかしい目に遭ったんだ。

着替えを終えて、更衣室から出ると、月子が待っていた。

「翔太君、残念だったね」

彼女は力ない声でつぶやいた。なんだよ、他人事みたいに。君のせいで負けたんだよ。

「本当は最初から見たかったけど、友達の他のクラスの応援でちょっと遅れちゃった」

俺は月子の言い訳に返答せず、その場を後にした。月子はそのまま、佇んでいる。

俺は悪くない。月子の美しさがいけないんだ。月子が試合前にいないから、俺を不安にさせるから……。

＊　＊　＊

その日以来、俺は月子を徹底的に無視することにした。お昼休みに呼び出されても、何かと理由をつけて断っていた。下宿先で、ミツコおばさんに『大隅神社で待っています』と言伝されても、行かなかった。気になって大隅神社を覗きに行ったら、寒い中、いつもの境内で月子が一人待っているのが見えた。それでも俺は彼女と顔を合わせたくなかった。気づかれぬようすぐ背を向け、静かに引き返した。

最初は本気で苛立っていた。彼女を見るだけで、あの時の屈辱が思い出されるのだ。少し経つと意地に変わっていた。そしてもう少し立つと、また別の感情が生まれてきた。

「どうしたの？　別れちゃった？」

休み時間に彼女の呼び出しを断った俺に、林がからかい半分で尋ねてくる。

「いや。別に」

林を振り払いながら、彼女がいるという教室の出口の方向を見る。月子がしょんぼりしている姿が見えた。ゾクッとした。

無視し始めてから1か月。月子は、何度断られてもそれでもなお、俺のことを呼び出し、待っていてくれた。まだ好いてくれていた。会いたいと思ってくれているのだ。彼女の気持ちが、どこか嬉しかった。なんだか誇らしくもある。

悲しげな彼女の横顔もまた、美しい。可哀そうだが、もう少し、この状態のまま眺めていたいと思った。

数日後、またしても、大隅神社に月子が待っているとミツコおばさんからの言伝があった。しつこい奴だと思いながらも心の中でほくそ笑む。いつものように、ミツコおばさんには返事だけした。でも、行くつもりはない。

「そういえば翔太君、この前行かなかったんじゃって？」

「あ、はい。勉強で忙しかったんで」

用意していた言い訳を告げると、ミツコおばさんが鬼の形相に変わった。

「だめじゃろ！　私が伝えてないと思われるんよ」

「でも、今日も忙しくて行けるかどうか……」

「月子ちゃん、彼女なんじゃろ。忙しいならあんたの口から言いんちゃい」

背中を押されるように、下宿を追い出された。こうなってしまったら仕方ない。ミツコおばさんは俺がちゃんと大隅神社へ行くのを見張っていた。仕方ない……行ってやろう。

彼女の待つ境内へと足を運んだ。これもいい機会だ。

何度も歩いた石段なのに、心なしか重い。顔を合わせたら、なんと言葉を交わせばいいのだろうかとぐるぐる考える。謝罪？　いや俺は悪くない。月子から謝ってくるだろうか。そしたら俺は笑顔で許してやろう。そしてまた、新しい春を迎えよう。角北と約束したグループデートの計画も立てないとな。

「翔太君」

境内の、いつもの場所に彼女は立っていた。

「ごめんなさい、忙しいのに」

月子は伏し目がちで俺と対峙している。大丈夫、許してあげるから、顔を上げて。

「別にいいさ。俺もちょっと意地張ってたから」

「そう……」

彼女が沈黙した。何か言葉を考えているようだった。

「で、今日はどうしたの」

「あのね、謝ることがあるの」

ほら。俺は、許す気満々で次の言葉を待つ。

「私、好きな人ができたの。一年先輩のハンドボール部の人」

大隅神社からどうやって帰ってきたかは覚えていない。

今ある事実は、下宿の布団に屍のように横たわったまま、起き上がる気力が一切湧いてこないこと。枕は湿っているような気がする。

天井を見上げて考える。月子は本当に、ハンドボール部の先輩を好きになったのだろうか。確かにハンドボール部の男で仲のいい奴はいると聞いていたが、アイツは俺と全く正反対の男じゃないか。もしかして、単に、俺のことを嫌いになったのではなかろうか。

思えば、彼女には迷惑ばかりかけてきた。クラスの嫌われ者と交際して、後ろ指をさされたこともあったろう。夏休み、勝手に長期間帰省したばかりか、元恋人と会ったことを自慢して、つらい思いをさせただろう。そして、考えてみたら彼女は全く悪くないのに、俺の身勝手な思い込みで無視して、約束を破って。

最悪な奴だ。自己嫌悪が俺を襲う。きっと月子は、俺に会いたかったからじゃなく、別れの言葉を告げるために教室の前で待っていたり、呼び出したりしていたんだ。勘違いして、アホだ、俺は。だけども、好きな人ができたなんて、わざわざ告げなくてもいいじゃないか。俺が勝手に無視しているんだから、勝手に付き合えばよかったんだ。だけど、そうしないで仁義を通すところが、月子のしっかりしていて愛すべきところでもある。

月子はなんで、こんな俺を好いてくれたのだろう。一緒にいてくれたのだろう。とてつもなく、大事なものを失った気分だ。もうなにもかもが嫌になってきた。このまま消え去りたい。俺は本当にダメな奴だ。

＊　＊　＊

春。

俺は進級が危ぶまれていたが、なんとか高三に進級することができた。津高では、学年上がるごとにクラス替えがある。角北とクラスが分かれてしまったことは残念だったが、月子や、憎き林ともクラスは別で、その点では胸をなでおろした。

俺は成績が悪かったが、失恋で元気がなかったのが模範生ぽく見えたのか、クラス委員長となった。委員長の仕事は授業の時の「起立、礼」を言うことで、特権は席替えの方法を決められること。俺はクラス替えで見つけた、そのクラスで一番美人な女の子の隣に自分の席を配置させた。失恋の痛手を癒すには、新しい恋しかない。

「おまえ、出はどこなん？」

後ろの席に座った男が話しかけて来た。

「あ、親は高円。名前は山本だよ」

「俺も親がその近くなんだ。高円の山本というと、もしかして寿作さんの孫なのか」

「あたり。よくわかるね」

「当たり前だよ。このあたりじゃ常識だからな」

最初に出を聞くこと、苗字でどこの誰かがわかること、が、俺にはもう不思議なことではなくなった。俺に話しかけてきた男の名は永竹といった。彼は二年の時は月子と同じクラスで、俺のことはうっすら知っていたらしい。あんな美人を夢中にさせる男がどんな奴か、ずっと気になっていたそうだ。

月子と別れたことを告げると、永竹は「もったいない」と残念そうに頭を抱えた。もちろん別れの理由は言わない。本当のところはわからないが、俺が彼女に浮気されて振られたなんて格好悪いし、月子自身も恋人がいるのに違う男に心が引かれた軽い女と思われるのは、嫌なことだと思うからだ。永竹は理由をしつこく突っかかってきたが、「受験勉強に専念するため」というもっともらしい理由でけむに巻いた。

月子とは廊下ですれ違うことはあるが、あれ以来一言も言葉を交わしていなかった。しかし、どうしても意識してしまう。別れたはずなのに、クラス替えで新しい恋の予感もあるのに、だ。

彼女のいない季節は、驚くほど速く過ぎてゆく。あっという間に夏の匂いを風が運んできた。月子と別れたのがたった数か月前のことなのに、はるか昔のことにさえ思う。

受験がいよいよ身近なものとして迫ってきた。あと半年以上学生生活が残っているのに、先生も、生徒達も妙にそわそわしている。

津高の生徒は、ほとんど全員が国立大志望だった。というか、教師が勝手に模擬試験の成績で志望校を決めているようなものだ。素直な津高生は先生の指導に従い、そのまま受験することが多い。しかし俺は違った。尊敬する先生だとしても、他人に未来をゆだねられてなるものか。この前の冬、彼女に振られ、どん底だった時に見た映画――『青春の門』。その映画は俺に少しばかりの活力を与えてくれた。その映画で主人公・伊吹信介が目指していた早稲田大学に俺は入ろうと決めたのだ。調べてみると、第三代早稲田大学学長であり、日本の商学部の父と言われる平沼淑郎（※64）は津山の生まれなのだという。しかも、構内に銅像（※65）もあるのだそう。まさに俺にふさわしい学部だ。

「何言っとんじゃ。たわごとか？」

俺の担任の定国先生は、進路調査書を机に叩きつけた。

「早稲田をなめとんのか？　地元の国立目指すのが無難じゃ」

「わかってます。でも入りたいんです」

「いいか、早稲田はなあ、我が津山が誇る平沼淑郎先生が教鞭をふるった名門大学じゃ。そんなところにおまえなんか行かせたら、津山の恥となる！」

「大丈夫です！　生まれ変わります」

「ダメだダメだ。この津高はなぁ、早稲田の創設者・大隈重信（※66）先生も平沼先生を慕ってやってきて植樹（※67）されたほど、早稲田と縁の深い土地柄なのだ。その縁をおまえのせいで切れさすわけにはいかん！」

「だけど……」

「とにかく内申書は書いたらん！　成績もひどいじゃろ。おまえには逆立ちしても無理だ」

そんなこと、俺もわかっている。

でも、目指すくらいいいだろう。俺には自信があるんだ。

＊　＊　＊

夏休みは去年と同様に宇治の実家へ帰省した。津山から永竹ら友人達を呼びよせ、大学生を装い京都で遊び回った。

あれだけ先生に反対された早稲田大学を目指す身でありながらも、勉強は一切しなかった。俺は心が弱いのだ。誘惑にすぐ負けてしまうのだ。それ以上に、じっと机に向かって

90周年記念に贈られた銅像『EXPECT』坂手譲氏作

十六夜祭での模擬店『ポパイ』

津山高校の制帽
帽子に白線、襟元に『L』章

いると、彼女——月子のことを思い出してしまう。それは俺にとって耐え難いことだった。

そうこうしている間に秋が来て、十六夜祭の時期になった。俺達は京都ではやりの月子とデートしたポパイの店をヒントにした、おしゃれなサンドイッチハウスを模擬店でオープンし、大好評を博した。本来、儲けてはいけない規則であったが、俺に商才があったのか、大儲けだった。

儲かったお金で、俺達は大宴会を開くことにした。幸い医者志望の金持ちの同級生の家の離れを借りることができたので、二十〜三十人、未成年ではあるが、飲めや歌えやの大宴会を催した。バカ騒ぎをして、最高のひと時だった。この時ばかりは、月子のこと、失恋した惨めさを忘れることができた。

だが……。日々清く正しい津山高校生として生活をしている奴ほど、たまに悪いことをすると、自慢をしたくてたまらなくなるらしい。この大宴会の写真を撮って、見せびらかしたバカが仲間にいたのだ。そのせいで、飲酒が芋づる式にバレ、俺は首謀者として二回目の無期停学の処分となった。不思議なことに旧制津山女学校以来、女子の停学はないという理由や、狭い津山ゆえに、噂はすぐに拡販してお嫁に行けなくなる懸念で女子は厳重注意のみだった。

しかし男性陣は、全員停学。同じことをしたというのに全員、停学期間が違うのはなぜだろう。不条理を認識するとともに、男は相応の責任感を持って日々生きねばならないという戒めにも感じた。
　永竹は落ち込んでしまってげっそりしている。親も泣かせてしまったそうである。俺の親は、二回目だけあって泣くどころかあきれてしまっていた。きっと月子もこのことは耳に入っているだろう。そんな俺に呆れているだろうか。

早嶋喜一（※59）
はやしまきいち。明治33年（1900）―昭和41年（1966）津山市生まれで津山中学（現・岡山県立津山高等学校）出身の実業家。早稲田大学中退後、新聞経営・事業に従事し、産業経済新聞社長となる。その後、旭屋書店を創業。また、日本で最初のカルチャースクール「産経学園」を開設して理事長となった。

干し肉（※60）
昔から和牛の産地として知られる津山の名物料理。牛のもも肉などのブロック肉を天日干しにすることで旨みを凝縮した保存食。スライスして加熱調理して食べる。

横野滝（※61）
横野川の上流にあり、それぞれに滝壺を持つ一の滝、二の滝、三の滝の3つの滝からなる。毎年4月29日が滝開きの日。11月下旬頃までの期間中は、そうめん流しやジンギスカン料理が楽しめる。

石山（※62）
津山市大谷にある山で山頂には石山寺と津山市指定文化財の「津山城石切場跡」がある。当地は、森忠政が津山城の築城に際し、石材の切り出しの事故が多く、家臣に命じて摩利支天を勧進し祀って以来、庶民の祈願所として石山摩利支天として今日に至っている。

武道大会（※63）
津山高校で冬に古くから行われている行事。代表者を出し、クラス対抗のトーナメントで競う。

平沼淑郎（※64）
ひらぬまよしろう。文久4年（1864）―昭和13年（1938）。津山藩士・平沼晋の長男として生まれる。第三代早稲田大学校長、第三代早稲田大学学長、第二代早稲田大学商学部長として、商学部の発展に貢献した。元衆議院議員の平沼赳夫は曾孫。

構内に銅像（※65）
早稲田大学商学部長としての功績をたたえ、現在も早稲田大学商学部校舎の1階に、朝倉文夫作の胸像がある。

大隈重信（※66）
おおくましげのぶ。天保9年（1838）―大正11年（1922）。第8代、第18代内閣総理大臣であり、早稲田大学の創設者、初代総長としても有名。

植樹（※67）
平沼淑郎を慕い、明治44年（1911）に津山中学に大隈重信一行が訪れたという記録と写真がある（美都津山庵に展示）。津山市隣の奈義町現代美術館には肉声が残されている。

第六章　自立

停学の間は、ずっと下宿でゴロゴロしていた。あの時のように、周辺を散歩をする気も起こらない。勉強をする気も起こらない。こんなんで早稲田大学に入学できるのだろうか。そんなことを不安に思いながらも、惰眠をむさぼる。

あれから――毎日が空虚だ。京都の高校にいた時よりも、数倍も空虚だ。何かしなきゃ、と焦れば焦るほど空回りして、問題を起こしてしまう。月子が俺の隣で笑っていた時は授業にも身が入り、行動も穏やかだった。月子の存在がこんなにも大きかったのだとあらためて気づく。そして、女性一人で、ここまで堕ちてしまう自分に惨めさを感じた。

ふと、机の上に積み重ねてある綺麗なままの赤本を見た。どうも開く気が起きない。定国先生の言う通りなのかもしれない。こんな俺が早稲田に行ったら、平沼淑郎先生の顔に泥を塗ることになるだろう。

腹が減った。何もしていないのに腹が減った。夕食時間まであと数時間はある。我慢ができるはずがない。何かパンでも買いに行こうか。俺は何日ぶりかに下宿の外へ出た。外の風は冷たく、早くも冬の匂いを感じた。つい先日まで夏だったのに、つい先日に津山高校に転入したばかりだと思ったのに、もう卒業まで半年となってきている。

店までは城東の昔ながらの町並みを歩く。この地に来た頃は、見るものすべてが新鮮で驚きだったのに、今となっては日常の風景になっている。この町並みは、何百年も同じ表情で行きかう人々を見つめているのだろう。多くの人を見送ってきたのだろう。津山から東京、いや世界へ飛び立っていた数々の人々を……。

途端、俺は情けなくなった。このままでいいのだろうか。足を止め、天を見上げた。空は果てしなく高い。ふと横を見ると、足を止めた町家の前に《国指定史跡　箕作阮甫旧宅》(※68)という札が立っていた。箕作阮甫。津山に来てから何度かその名前は聞いている。毎日この前を通っていたはずなのに、なぜだろうか、その時、その町家は不思議と俺を引きつけた。俺は導かれるようにその建物の中へ入っていった。

足を踏み入れた瞬間、その空気に圧倒された。見た目は、普通の昔の家だ。しかし、その時の俺は、なんだか物凄く神聖な場所に入ってしまったような気がして、身震いした。説明書きに目をやる。ここは、洋学者・箕作阮甫の生まれ育った家で、当時の町家がそのままの雰囲気で解体復元されているのだそうだ。

箕作阮甫——彼は津山藩医・洋学者。嘉永六(一八五三)年のペリー来航時、アメリカ大統領の親書の翻訳を命ぜられ、またロシアのプチャーチンの来航時には長崎に派遣されるなど、日本の開国にその才能を大いに発揮した人物だ。また、本格的な洋学の研究・教育機関として開国後の安政三（一八五六）年に設立した蕃書調所の首席教授に任命されたのだという。この蕃書調所が後に東京大学へと発展したことで、箕作阮甫は日本初の大学教授だと言われている。

俺ははっとした。大げさかもしれないが、箕作阮甫がいなかったら、開国はなかったかもしれない。今の日本はなかったかもしれない。俺がこの場で青春を謳歌しながら、恋愛や遊び、そして勉学に励む環境は存在せず、いまだに髷を結って刀を脇に差していたかもしれない。

箕作阮甫が、津山が、今の日本をつくった……!?　箕作阮甫だけではない。今まで学んだ日本の歴史の記憶をひとつづつ紐解くと、様々な場所に津山が輩出した偉人達の名前があることにふと気づく。そう、日本の近代化の歴史を築いてきたのはまさに津山人なのだ！

その気づきに、体中が熱くたぎるのを感じた。その足で、洋学資料館にも向かった。いつの間にか腹が減っていたことなど忘れていた。人口十万に満たない、岡山の奥の津山という小都市。なぜこれ程多くの偉人を輩出しているのか？　疑問に感じたことはあったが、突きつめて考えることは放棄していた。それが当たり前だと考えていたし、津山は元々優秀な人間が出る血筋があるものだと思い込んでいた。いや、そうではないのだ。先人達の血のにじむような努力と、その結果つかみ取った輝かしい実績――そしてその足跡に誇り高き感銘を受け、多くの津山の人々が追随した結果だ。

箕作阮甫以前も、津山は、初めて日本に西洋内科学を紹介した宇田川玄随（※69）をはじめとする宇田川家の人々も輩出している。箕作阮甫も彼らにおそらく影響を受けた一人であろう。津山には、大志を抱きそして努力の末に大成した偉大なる先輩達の系譜が、古から今に至るまで脈々と受け継がれているのだ。俺は何をしてるんだ。たった一人の女性に振られたからってクヨクヨしやがって。俺も、宇田川玄随に、箕作阮甫に続かなければいけない。世界で活躍する人物になって、津山に錦を飾らねばいけない。

洋学資料館に展示されている、多くの津山の偉人の肖像を見ながら、使命感がひしひしと湧いてくる。そのためにはどうすればいいか？　世界に名をはせるためには、大学は日本の中で世界に最も近い東京に出ないといけない。

やはり、早稲田大学に行かねばならぬ。早稲田で学ばねばならぬ。人生劇場だ。俺は津山高校に通い、学んだことでたくさんの影響を受け、人間としても様々なことを学んだ。やはり学問は重要だ。姫田先生や坂出先生など、こんな俺に数々の教育を施してくれた先生方には本当に感謝している。現代で大志を貫くためには、言葉は悪いが、「取れば権力。持てば金」。姫田先生も言っていた。そうだ、これからの時代は形而上学的な教育を受けるよりも、実際生活の役に立つ学問、農学・工学・商学・医学などの実学を学ばなくてはならないだろう。やはり、早稲田大学だ。それしかない。津山の出身で、実学の必要性を唱え、早稲田の商学部を作った平沼淑郎先生の意志を受け継ぎたい。合格して、平沼先生の顔に泥を塗るどころか、先生に追随するものとして誇りの存在になるのだ。

俺は、転校してきた高校二年の時、学年でダントツのドベの成績であった。ドベの成績から早稲田に受かる。困難だけども、先人の苦労を考えると、受験勉強など苦ではない。これから世界で戦うのに、受験勉強くらいで負けてたまるか！

すぐ下宿に戻り、本棚を見た。そこには偶然にも『青春の門・自立編』があった。この本は確か……月子が下宿に遊びに来た時に忘れていった本だ。映画を見たのも、そのことが頭の中にあったからなのだろうか。そうだ、早稲田大学に合格したら、この本を月子に返しに行こう。

俺は決心して赤本を手に取り、最初のページをめくった。

幸いなことに、停学が明けてからは、女生徒達が俺を見るだけで足早に逃げていくという不思議な現象が起こっていた。クラス委員長権限で隣の席にした女の子も、俺に目を合わせてもくれない。

だから女の子にちょっかいを出そうにも、出せない状況ゆえに、勉強に専念せざるを得なかったのだ。どうやら女生徒の中では、俺が女をたぶらかしたり、不良の道に引きこんで停学寸前にさせたという悪い噂が広まっているらしい。半分事実なので、反論の余地も

城東地区。箕作阮甫邸

ないのだが。

(ようしみとれ、早稲田に入って見返しちゃるわい!)

逃げてゆく女生徒の背中を見ながら、俺の心にはさらに火が付く。

＊　＊　＊

冬。受験シーズンがやってきた。

同学年の友人達は有名大学に次々と合格を決めている。角北はなんと京都大学に合格したらしい。永竹は京都産業大学だという。あの憎き林は東京にある駒沢大学、林の取り巻きの川島は埼玉大学だといい、ともに大学でも剣道を続けるらしい。

俺はもちろん早稲田一本。政治経済学部、法学部、商学部、教育学部、社会科学部を受験した。俺は自信があった。あれから、猛勉強の日々を過ごしていた。夜寝るのも食事をとるのも惜しんで机に向かい、勉学に向き合った。宇田川玄随、宇田川玄真(※70)、宇田川榕菴、久原洪哉(※71)、山田純造(※72)、箕作阮甫、箕作省吾(※73)、箕作秋坪(※74)、箕作麟祥(※75)、菊池大麓、そして平沼淑郎……。苦しい時は偉大な先輩方の名前を唱え、意識を高めた。すると、不思議な力が沸き起こってくる。おかげで何時間勉強しても、集中力が途切れなかった。あれだけのことをやったのだから、全学部合格に違いない。俺は信じていた。

しかし……当然か、合格したのは、社会科学部のみであった。本当はひとつ受かっただけでも両手を上げて喜びたいところだった。実際先生達も「奇跡だ」と目を丸くしていた。彼らの顔を横目に、ほれ見たことかと心の中で言い捨てたことは言うまでもない。

しかし、俺はモヤモヤしていた。納得しない自分がいた。五学部中、一つだけ受かったというギリギリのこの結果で、平沼先生の銅像の前に胸を張って立てるだろうか。世界に飛び出す人間が、この結果に甘んじていていいのだろうか――。

きっとこれは、神様が俺をさらに高みに上げるために用意した、苦難なのかもしれない。山本翔太は、もっと行けるはずだ、と。

煩悶した末、俺は浪人を決意した。

そして、津山高校、卒業。卒業式の日は、桜こそつぼみであったが、俺達を祝福するような透き通った青空が白い校舎の上に広がっていた。

二年間、あっという間だった。俺は来月から京都の実家に戻り、予備校に通うことになる。だから、この仲間と会うのはほとんどなくなるだろう。胸にじんと、寂しさがやってくる。転入してきた日には、こんな感慨深い思いでこの日を迎えられるとは思ってもみなかった。校歌を歌いながら、輝かしき青春の日々を思い出す。たくさんの思い出があった。そのほとんどに、あの子の笑顔があった。

名も美作のうまし国
ここ高原に新しく
文化の華を咲かせむと
群れつどひたる若人等　津山　津山　津山高校

俺は、早稲田大学に合格しなければならない。もし、来年、本を返せた時、彼女は笑顔を見せてくれるだろうか。俺は文化の華を咲かせることができるだろうか

＊　＊　＊

一年後。

俺は憧れの早稲田大学の制服と制帽を被って、津山駅前に降り立った。Ｗのマークの襟章が誇りだ。津高のＬからＷに代わった。

当然だが、ほとんど変わっていない津山駅、そして町並みだ。

俺はこの一年間、河合塾の模試で私立文系で全国一位となるほど成績が伸び、志望した早稲田大学の商学部に合格した。遊びはほどほどに、高校時代の放蕩が嘘のように連日連夜机に向かっていた成果が実ったのだ。それもこれも、俺の心の支えとなった津山の偉大なる先輩達に加え、彼女の存在のおかげだということは、否めない事実である。

この合格を津山に来た機にまず誰に直接知らせるか？　一人しかいないだろう。もちろん、

津山洋学資料館

津山洋学資料館内

手には、『青春の門　自立編』を携えて。風の噂によると、彼女は地元の大学に通いながら、喫茶店でアルバイトをしているのだという。

俺は、その店を訪ねた。

「いらっしゃいませ」

彼女の声だと、一瞬でわかった。

「おひとりさまですか？」

「はい。ひとりです」

俺が顔を上げると、月子がはっと目を見開いた。相変わらず、いや、少し大人びたのだろうか、とにかく美しい。

「ひさしぶり」

「ああ」

「こちらの席へどうぞ。ご注文はお決まりですか」

「コーヒーをひとつください」

「かしこまりました。他は？」

「他は、これ……俺の下宿に置いていった、本。返すよ」

「どうも。もう読んだから、そのままでもよかったのに」

「いや、色々と……仁義を通しておかないと」

「仁義を通すって、やくざみたい」

彼女は微笑んだ。笑顔を見せてくれた。

「あと、ありがとう、って言いたかったんだ」

「わたしも、おめでとう、って言いたかった。早稲田、合格したんだよね」

「うん……」

彼女の口ぶりだと、どうやら早稲田に合格したのはすでに知っていたようだった。この小さい町、おそらく地元に残った奴か、先生あたりから耳に入ったのだろう。

「月子ちゃん、お客さん！」

「はーい」


お昼前の忙しい時間に来てしまったせいか、会話はそれだけだった。だけど、俺は、彼女の笑顔を見ることができて満足だった。今日、月子に会うまでは、ちょっとだけ、よりを戻そうとか、もう一度デートしたいとか、そんな下心はあった。でも、実際に会った今は別の感情が心を支配していた。

俺は、やはり世界に羽ばたく人材になる。津山から出た、名だたる偉人の先輩達と肩を並べる人間になるのだ。そして、津山というこの町を発展させ、世界中にその名を広めたい。先人の意志を継続して津山を日本全国のみならず世界へ知らしめるんだ！

津山にやって来て二年間過ごして、津山はこれ以上ない素晴らしい町だと身をもって知った。そしてこの町で出会った月子とは、結婚したいと思った。しかし、この町も俺も彼女も、まだ発展途上なんだ。世界はもっと広い。俺は、その世界を知らなければいけない。お互い、それぞれ素晴らしい人間になって、お互い以上のふさわしい人がこの先現れるだろう。

津山というこの町と、月子との思い出は、俺の原動力だ。きっと、俺はこの町で過ごした二年間を、一生忘れないだろう。

喫茶店を出て、少し歩くとお城山がある。俺が転入してきた日と同じく、満開の桜が咲いている。バンカラを気取って、桜を愛でながら歩いていると、さっそく壮大にコケた。でも、今日は桜を恨むことはしない。美しさに罪なんてない。俺は、あの時と違うんだ。

俺は早稲田大学商学部の山本翔太。これからどんな人間になるだろうか。最近覚えたイタリア語で「アプリーティ・セサモ（開けゴマ）！」と、ひとりつぶやく。

起き上がって、胸を張り歩み始めた。

憧れの早稲田大学に入学

箕作阮甫旧宅（※68）
みつくりげんぽきゅうたく。昭和50年、箕作阮甫の旧宅が国の史跡に指定され、解体復元されたことをきっかけに、郷土ゆかりの洋学者を顕彰しようという機運が高まった。そして、昭和53年3月19日、中国銀行津山東支店（旧妹尾銀行林田支店）の建物を利用して、全国的にも珍しい洋学を専門にした津山洋学資料館が開館した。

宇田川玄随（※69）
うだがわげんずい。宝暦5年（1756）―寛政9年（1798）蘭学者。津山藩医・宇田川道紀の長男として生まれ、杉田玄白らについて蘭学を修めた。オランダ医師、ヨハネス・デ・ゴルテル著の『簡明内科書』を翻訳し、日本初の西洋内科学書『西説内科撰要』として刊行したことは、当時の医学界に大きな影響を与えた。養子の玄真、榕菴とともに「日本に置かる近代科学の生みの親」と称されている。

宇田川玄真（※70）
うだがわげんしん。明和6年（1769）―天保5年（1834）。伊勢の安岡家に生まれ、江戸で大槻玄沢・宇田川玄随・桂川甫周などについて蘭学を学んだ。杉田玄白にその才能を見込まれ養子になるが、身を持ち崩したために離縁される。のちに苦学して再起し、稲村三伯を手伝い日本初の蘭日辞書『ハルマ和解』の編さんに従事する。寛政9年（1797）に宇田川玄随が亡くなったが、跡継ぎがなかったため、大槻玄沢らの斡旋により宇田川を継ぎ、榛斎と号した。西洋の解剖科や病理学、生理学まで紹介した『医範提綱』や、薬学書『和蘭薬鏡』『遠西医方名物考』などを著して、全国の医師を指導した。また、幕府天文方の蕃書和解御用（外国文章翻訳の仕事）にも出仕した。箕作阮甫・緒方洪庵ら多くの蘭学者を直接育成したことから、「蘭学中期の大立者」と称された。膵臓の「膵」やリンパ腺の「腺」という字（国字）をつくったことでも知られている。

久原洪哉（※71）
くはらこうさい。西北条郡井村（現在の苫田郡鏡野町）の出身。石川元翠・広瀬元恭に蘭学を学び、津山藩医久原家の養子となる。また、華岡南洋（華岡青洲の娘婿）に外科を学ぶ。明治3年（1870）には津山藩主夫人の乳癌の手術をした。長男躬弦は貢進生として大学南校にに進み、京都大学教授および総長となった。津山藩医久原家の初代良賢（甫雲）は、延宝5年（1677）に西玄甫よりオランダ流外科免許状を授与された。

山田純造（※72）
やまだじゅんぞう。天保7年（1836）―大正5年（1916）。英田郡海田村（現在の美作市海田）の医家山田俊民の長男。金川（現在の岡山市北区御津金川）の医師・難波抱節について外科を学び、ついで大坂に出て華岡流外科を習得。のち帰郷して家業を継いだ。また種痘普及にも努め、難波立愿（難波抱節の長男）が明治9年（1876）年に刊行した『種痘伝習録』には「内、外科医で種痘料を受け取らない好生（仁心の徳がある）医師として紹介されている。

箕作省吾（※73）
みつくりしょうご。文政4年（1821）―弘化3年（1846）。仙台藩士・佐々木秀規の次男として、陸奥国水沢（現在の岩手県水沢市）に生まれる。14歳の時に相次いで両親を亡くし、蘭方藩医・坂野長安に引き取られた。その後、江戸の箕作阮甫の門に入り、学才を見込まれて養子に迎えられる。

箕作秋坪（※74）
みつくりしゅうへい。文政8年（1825）―明治19年（1886）。幕末の医師・翻訳官で維新後の教育指導者。維新後は、英学塾「三叉学者」を開設し、東郷平八郎、原敬らが入門した。森有礼、福沢諭吉らと「明六社」を興し、また東京師範学校において、中学師範学科の設置を建議して高等師範制度の基礎をつくった。

箕作麟祥（※75）
みつくりりんしょう。弘化3年（1846）―明治30年（1897）。明治時代の法学者。明治新政府に召され開成所などに務め、翻訳活動に精励する一方、啓蒙活動にも力を注いだ。司法省出仕後には商法編纂委員などを歴任し、民・商法など法典の編成に力を尽くした。また、欧米の諸法典の研究に努め、わが国に初めてフランス法を移入した。

エピローグ

「おい、翔太。なにボケているんだ」

皆で思い出話に花を咲かせていたら、不思議とあの頃に戻ったような気がした。

永竹に揺さぶられて、現在の我に返る。

「すまない、高校時代のことをしみじみ思い出していてね」

高校時代よりも、ちょっとふっくらとした永竹が私の肩を叩いた。

「ボーっとするなよ。先生の前で失礼だぞ」

坂出先生は、壇上の玉座で私達を見つめながら穏やかに微笑んでいる。永竹は先生に聞こえるように声を上げた。すると先生は呆れたようにボヤいた。

「今更なんじゃや。山本は昔から私の話を真面目に聞いたことなんてなかったろうに」

先生の言葉に、一同がどっと笑った。

永竹に、角北、そして林や、その取り巻きの川島など、坂出先生を祝うために、ホテルの大広間には総勢百人以上が集まっていた。皆、年を取り皺が深くなったが、高校時代と変わらぬ笑顔だ。

　永竹は今、津山の介護老人施設の事務局長をしている。角北は京大を卒業後、大手石油会社の米国法人の社長などを務めた。京大時代はアメリカンフットボール部に入り、京大ギャングスターズが日本一になる基盤を築き上げた。林は地元の工務店の社長をしており、なんと川島は剣道のインターハイで個人ベスト８の実力のもとにフランスでナショナルチームの指導を行ったのだという。

　皆、卒業後はそれなりに立派になり、輝ける地位を得ている。津山高校卒業生である誇りを胸に、日々精進していった証拠であろう。

「ジャン・クロード・ジロ（※76）って、フランスの天然ガス自動車協会の会長で、剣道のヨーロッパチャンピオン知ってるか？」

　川島が静かに口を開く。

「彼が、来日した際、ＮＡＲＵＴＯ（※77）の里が見たいって私に言ってきたんだ。ＮＡＲＵＴＯって知ってるか？　人気の漫画」

「知っているとも。作者の岸本斉史君は、私と同じ奈義の高円出身だ」

　本籍地が同じ奈義の高円である私は、すかさず口を挟んだ。

「そうなんだ。彼の言っていたＮＡＲＵＴＯの里というのは、津山市の隣の奈義町なんだ。どうやら、そのあたりの風景がＮＡＲＵＴＯの世界観に影響を与えた聖地として、ファンの間では噂になっているようで」

「ほう。あの、菩提寺のイチョウや、昔ながらの家々もモデルになっているのか」

「そうらしい。私は彼に借りてちらっと見ただけだが、どこか奈義を思わせる風景が随所にあったんだよ」

「作者の心の原風景なのだろうな」

フランスでは現在、日本の文化に注目が集まっていると聞くが、奈義という小さな町出身の岸本氏の生んだ作品が、その名をこれほどまでにとどろかせているのかと感心する。

大広間の壇上、上手に先生が座る前に、岡山県真庭市の太田昇(※78)市長が礼をし、挨拶を始めた。

「坂出先生、退職二十年、誠におめでとうございます。退職後も長く元気な先生の姿を拝見できるのは、私にとってこの上ない喜びであります」

太田昇氏も津山高校出身であり、坂出先生に世話になった一人だという。

「在学時は学生運動真っ只中の一九七〇年代。津山高校にも学生運動の嵐が吹き荒れておりました。わたくしもその渦中で運動に加わっていたのは言うまでもありません」

在学中、坂出先生には耳が痛くなるほどその話を聞かされていた。真面目で素直な津山高校生がそのような運動に身を投じるのはウソみたいな話ではあるが、一方で伝統的に反面反骨の気風が強い一面もあるので頷ける部分もある。

「その中で、わたくし達仲間は、罪を犯しました。津山高校の校札を持ち去ったのです。それから二十年以上経ったのちの平成三年に返還いたしましたが、その際の校長として快く受け取ってくださった坂出先生には、謝罪および感謝の気持ちでいっぱいです……」

学生運動の際に持ち去られた校札が時を経て返還された出来事は、当時の新聞にも掲載されるほど地元では大ニュースだった。

「先生。在学中は大変ありがとうございました。わたくしがここに今こうして立っていられるのは、坂出先生と素晴らしき岡山県立津山高等学校の教えのおかげであります。わたくしは津山高校ＯＢであること、そして坂出先生と関わりあえたことを誇りに思います」

会場内が拍手に包まれる。ここに集まった皆、本当にそう感じているからだ。

同じくＯＢの谷口圭三津山市長の発声での乾杯のあと、立食形式で校友達と歓談となった。角北は早くも同じクラスだった女性に囲まれ楽し気に談笑していた。当時は女性をデートにも誘えない純情で、私から見てもやきもきしていたが、皆大人になったせいか、落着いてスマートに会話しているように見える。

私も『あの女性』の影を探した。彼女には大学に合格した春以来会っていないが、この宴はクラスや卒業年度関係なく集まるものだ。彼女がいてもおかしくない。

私は彼女を探すため、先生に改めて挨拶をしにいくように見せかけ、自分のいたテーブルを離れることにした。

「山本、どうした?」

林は相変わらずじゃまものだ。私の落ち着かない様子にいち早く感づき声をかけてきた。

「先生に酌をしに行こうと思ってね」

「坂出先生はいったん控室で休んでいるようだよ。ずいぶんなお年だからね」

「なるほど。ところで姫田先生が今日は来ていないようだね」

「姫田先生も体調を崩したらしい。今日は欠席だと、受付の尾山さんが言ってたよ」

「尾山さんって津高三大美女の尾山さんか? 受付やっていたとは気が付かなかったな」

「もうあれから約半世紀経っているもんなあ」

お互い、苦笑いをした。思えば、あれだけいがみ合っていた私達だったが、時がたち、いくつかの同窓会を経ることによって、当時のことはなかったかのように笑い合っている。

時間の流れは、なんと優しいものだろうか。

「三大美女といえば、月子さんには挨拶したか?」

林が含み笑いをしながら私にビールを注ぐ。

「いるのか?」

「ああ。さっき見かけたよ。行ってきたらどうだ?」

「ま、後でな」

今すぐ行きたい気持ちを抑え、冷静に返答した。

翔太の故郷、奈義町の江戸時代から続く横仙歌舞伎

私は家族もあり、これから何か波風立てようというような気はさらさらない。ただ、彼女の現在を確認したいのだ。幸せになっているか、見届けたいだけだ。自分勝手な考えであるが、それによって昔、彼女を傷つけてしまった罪が報われるように思えるのだ。

「まあ、林君と……山本君」

遠い記憶に聞き覚えのある声が、私の耳に入ってきた。

「お久しぶりね」

「月子……さん」

振り向くと、彼女が立っていた。何十年の年月を感じさせない、変わらぬ凛とした透明感に、私はふと見惚れてしまった。

「私の名前が聞こえてきたから、気になって来てみたら、あなた達だったのね」

「そりゃそうさ。僕と山本は、月子さんを奪い合った仲だからな」

「奪い合った？　そんな記憶はないが」

「林君、私が翔太君と別れた後、告白してきたのよ」

「そうだったのか。どおりで交際時に嫌がらせが激しいと思っていたよ」

「その節は申し訳なかったよ」

「女たぶらかし野郎とか言ってたくせに、おまえも調子のいい奴だな」

「はは、若かったからな」

月子が私達の会話を聞いてクスクスと笑う。笑い声もあの時のままだ。

「月子……さん、は今もこの辺なのかい？」

「私は岡山よ。翔太君は」

「今は京都で会社のオーナーをしていてね」

「あら、すごいのね。じゃあ、津山は久しぶり？」

「ああ、こういう風にゆっくり帰るのは久しぶりだよ」

「そう、久しぶりの津山はどうだった？」

月子に聞かれて、時が止まったままの津山駅の様を思い出してしまった。

「あれは酷い。聞いてくれ、津山駅には未だに階段しかないんだ。エレベーターもエスカレーターもない。しかも駅構内にトイレもないなんて。駅員にトイレは列車の中でするように言われた時はたまげたよ」

「大変だったのね。でも、私もずっと不便だと思っていたの」

口元を押さえ、うふふと笑う月子の顔を見て、私は我に返った。いけない、自分としたことが。つい興奮して愚痴っぽいことを言ってしまうなんて。久しぶりの再会だっていうのに、格好悪すぎるだろ。ここはひとつ、落ち着いた大人の余裕を持って、ウェットに富んだ会話をしなければ。私は、そう自分に言い聞かせた。

コホンッと咳払いをして、気恥ずかしさを誤魔化す。

「実は、ここ津山で新しい事業を始めようと考えているんだ」

「新しい事業って、何をするつもりなの？」

月子は興味深げに私の顔を覗き込んだ。やめてくれよ、そんな目で見られたらドキッとするじゃないか。

「今回寂れてしまった津山駅を見て、決心したんだ。私が津山を再生させると。そのための活動を行うつもりさ」

「おい、月子さんの前だからって、格好つけるなよ」

私が真剣に話しているのに、林はニヤニヤしながら茶化してきた。鬱陶しい奴め。林も彼女の前でいい顔をしたい気持ちは同じだから、我慢してやろう。

「別に格好つけてなんかいないさ。まあ聞いてくれよ」

私は余裕たっぷりに答えてやった。

「山本、いったいこの街で何を始めようとしているんだ」

それをこれから月子に話そうとしていたんだ。仕方ない、林にも聞かせてやるか。

「まだ計画段階なのだが」

私は大きく息を吸い、話し始めた。

「津山を訪れる稲葉浩志さんファンが集う拠点となるゲストハウスを作ろうと考えているんだ」

その言葉を聞いた林は大きく頷いた。

「それはいいアイデアだな。イナバ化粧品といえば、全国のファンにとって聖地だからな。しかし、それだけで観光客を帰らせてしまうのはもったいないもんな」

「その通りだ。並行して、津山をアートの街にする運動を起こそうと考えていてね」

「アートの街って?」

「瀬戸内の直島ってあるだろう? あの島のように、昔ながらで趣のあるこの素晴らしい町並みを活かし、国内外の新進アーティストを招聘したりイベントを企画するなど、世界に発信していく計画を、市や仲間と協力して行っていきたいんだ」

「素晴らしいわね」

「江戸時代に先人たちは、この津山から世界に思いを馳せた。現代においても、仕事を通じて得た国際コネクションを活かして、津山と世界と直結させる文化交流を実現させたいと考えている」

「どんなことをするの?」

「イタリア人に対してシャンパンを出すのは失礼だと知ってる?」

「いいえ、知らなかったわ」

「シャンパンはフランスのものだからね。イタリアには独自のスパークリングワインがあるんだ。ロンバルディア州のフランチャコルタ地方が最高級のスパークリングワインの産地なんだよ」

「そうなんだ」

「イタリアが第二次世界大戦に負けて、自国の誇りを取り戻そうと、二人の若者が立ち上がったんだ。一人が映画監督のフェデリコ・フェリーニ。そしてもう一人がネルソン・チェンチ」

「フェリーニは知っているけど、チェンチは聞いたことがないわ」

「フェリーニは一九三九年にローマの『イル・ピッコロ』紙に勤務し、やがて『マルク・アウレリオ』紙に移って、ずっと記者をしていたんだ。そこで記者として、対ソ連戦で活躍し、イタリア陸軍のエリート部隊であったアルピーニ師団の師団長だった英雄のネルソン・チェンチにインタビューをして知り合い、二人で世界最高のものを作ろう！　と意気投合したんだ」

「ここにある、この写真ね」

「その後、フェリーニは映画監督の道を進み、ネルソン・チェンチは医者として地域に貢献することを選んだ一方、シャンパンを凌ぐ世界最高峰のスパークリングワインを作ろうと決意し、ワイナリーをフランチャコルタで始めた。生産量はわずか年間4万本。その貴重なスパークリングワインを飲める、日本唯一の専門店『津山チェンチサロン』を津山に作る」

「翔太君ならできるよ。津山に夢を与えて！」

「このチェンチを飲むと、津山にいても世界とつながることができると新たな勇気が出る。そうした場所を作りたいんだ」

「あなたも、日本のチェンチやフェリーニになれるわよ」

「ありがとう。次に会う時はチェンチで乾杯しよう！」

「まあ素敵！　翔太君、夢見る夢男君だったけど、本当に夢を津山で叶えるのね」

月子の目がキラキラと輝いた。まだ計画途上だが、自分のやっていることが間違っていないということを実感する。

「地元アーティストによる現代アートに囲まれた宿……アートゲストハウスというのだが、そんなものも計画しているので、オープンしたら招待するよ」

「ありがとう。孫と一緒に行こうかしら」

高校時代のマドンナから、孫という単語が出てきたことに多少落胆をしたが、そのセリフから彼女の現在の幸せぶりが垣間見えて、私は安心した。

「山本は相変わらず熱いな。最初は突拍子もない話と思っても、本当に次々と実現してしまうんだもんな」

林はどこからかワインボトルを持ってきて、私と月子のグラスに注いだ。

「山本の津山再生計画の成功と、月子さんの変わらない美貌に乾杯！」

「もう、林君ったら。お上手ね」と月子が笑い、私もつられて笑った。

月子、林とともにワインを飲みながら、私は津山再生の構想を次々話した。津山に観光客を呼び戻し、地域活性化を目的とした計画。それは津山文化センターでの映画祭の開催から始まり、長期滞在客向けの宿泊施設の建設、新たな津山名物の企画と販売など。

こうした私の構想は、今の津山では夢物語と取られるかもしれないが、自ら実践して実現させることにより、夢が夢でなくなり現実となる。津山の先人に学び、まずは思うことが重要だ。

酒の力もあって、私の話は止まらなかった。ずっと自分ばかりがベラベラと話していた。退屈していないだろうかと心配したが、月子と林は前のめりになって私の話を聞いてくれていた。時に笑い、時に合の手を入れながら。私達はワイン片手に時間を忘れて、津山の未来について語り合った。

それは、まるであの頃と同じだった。津山高校時代、放課後の教室で将来の夢や希望を語り合っていた時。ただ違うのは、あの頃は自分の利益、幸せしか考えていなかった。つまり、自分のことしか頭になかったのだ。

だが、今は違う。津山で過ごしたのは、わずか二年間しかないが、大袈裟ではなく津高は私の人生を変えてくれた。津高に行かなければ、早稲田に入学することもなく、世界を相手にする仕事をすることもなかった。今こそ津山に恩返しする時だ。

津山を世界に名をとどろかせる都市にすること、それが私の夢である。

これまでの海外コネクションを活かし、世界と津山を結ぶ活動拠点を『美都津山庵』に設置

ネルソン・チェンチとフェデリコ・フェリーニ　(津山チェンチサロン所蔵)

1989年仏ル・コルドンブルーを日本に招聘。アンドレ・J・コアントロー氏（オーナー）と担当のノルベール・ルレ氏(現LVMH ジャパン 代表取締役社長)

1995年 ブルーノ・メナールシェフ（2008年ミシュラン三つ星取得・ロオジエ）を仏から招聘

2018年 津山工業にて、津山剣道連盟と日仏剣道交流

2018年 剣道7段のフランス天然ガス自動車協会会長・ジャンクロード・ジロ氏を『津山武道大使』に任命

幼く未熟だった私が傷つけてしまった月子が、当時と変わらない鈴のような軽やかな声で笑っている。何かと私に突っかかってきていた林とは、当時のわだかまりは消え、「津山の発展」という共通の目標を掲げることができた。

酒を酌み交わし、楽しい時間を共有する中で、お互い立派な大人になったのだなとしみじみと実感した。

そんな時間にも終わりが近づいてきた。そろそろ祝賀会もお開きのようだ。次はいつ会えるかわからないし、月子ともう少しだけ話したい。そんな思いが頭をよぎった。

「じゃあ、僕は川島のところに行ってくるから、な」

林は、私と月子の様子を見て察したのか、上機嫌で私達の前を去っていった。大きなお世話であるが、有難い。とは言いつつも、何を話題にしたらいいか迷う。今の私は、彼女と初めて会話をした図書館での私の心情そのままだった。

「……お孫さんは、おいくつ？」

無難な会話を切り出す。

「十歳。今、小学四年生でね、津山中学を目指しているの」

「岡山から出てくるのかい？」

「娘一家は隣の真庭なの、そこから通うのよ」

「なるほど。しかしまあ、優秀なんだな」

「学校の先生には、ムリだって言われているみたいだけど」

「私だって、早稲田は一生ムリだと言われていたけど、合格したから大丈夫さ」

「そうね。あの子は頑張り屋だから、きっと大丈夫。勉強もピアノも一生懸命なのよ」

月子は安心したような顔を見せた。私も心なしか笑顔になる。

「お孫さんはピアノを習っているのかい？」

「ええ、そうなの。孫自慢になってしまいそうだけど、『大阪国際音楽コンクール』のピアノ部門で一位になったのよ」

「それは素晴らしい」

「ニューヨークのカーネギーホールでピアノ演奏をしたのよ。あの時の光景は今でも忘れられないわ」

誇らしげな月子を見て、私は自分のことのように嬉しくなった。こうした子供達が輝ける街を作らなければ明るい未来は決してない。

「おばあちゃん！」

幼い声が遠くから聞こえてきた。

「じゃあ、私、ここでおいとまするわね。孫が迎えに来たわ」

少し残念そうな横顔に見えたのは気のせいか。

「孫は昼間から先に津山に来て、このあたりを歩き回ってたみたいでね。津山中学に合格するためのイメージトレーニング、ですって。合流して一緒に帰る約束をしているの」

「それは残念だ」

「もう少しお話ししたかったんだけどね」

お世辞でもうれしかった。そして、思い出のままに綺麗な月子に私は胸が熱くなった。月子の存在は、津山の町並みのようだと私は気づいた。昔ながらの美しさを保ちながらも、深みがあって、奥ゆかしい上品さがある。いつまでもいつまでも、輝きを保ちながら、幸せでいてほしい。心から思った。

「おばあちゃん、早く！」

月子のお孫さんであろう少女が、入り口から呼びかけた。月子はその言葉に反応して、私に軽く頭を下げた。

少女を見て、どこかで見た女の子だと合点する。

私が少女に笑顔で手を振ると、月子はきょとんとした顔で首を傾げた。

ジャン・クロード・ジロ（※76）

フランス天然ガス自動車協会会長、仏メゾンラフィット市副市長。前パリモーターショー代表。剣道7段。6度剣道ヨーロッパチャンピオンとなり、津山にも2度訪問。津山武道大使に任命。津山街デザイン創造研究所海外最高顧問。忍者漫画ＮＡＲＵＴＯの大ファン。

ＮＡＲＵＴＯ（※77）

岡山県勝田郡奈義町高円出身の岸本斉史氏による人気漫画。１９９９年～２０１４年まで週刊少年ジャンプで連載され、アニメ化された。国内のみならず海外でも人気で、全世界での累計発行部数は2億部を突破している。

太田昇（※78）

おおたのぼる。昭和26年（１９５１）生まれ。元京都府副知事。現・岡山県真庭市長（2期）。岡山県久世町（現・真庭市）出身。岡山県立津山高等学校、京都大学法学部卒。

追記　後日談

早いものだな。坂出先生の退職二十年記念パーティーからもう二年が経ったのか。

満開の桜が咲き誇る鶴山公園を散歩しながら、ふと当時の光景を思い出し、懐かしい気持ちになった。あの日、月子達に話した津山再起動のために構想したほぼ全てのことを私は立ちあげた。最初に始めたのは、活動拠点となる二つの組織を津山に設立することだった。一つは世界と津山を直結させる意味を込め、会社名を「リストワールインターナショナル」とした。そして、もう一つは地域再生、活性化を目的とした「津山街デザイン創造研究所」を有志とともに設立した。

この「津山街デザイン創造研究所」は、二〇二〇年七月、観光庁が公募した新しいツーリズム事業に応募し、見事採択された。それが津山文化センターでの「津山国際環境映画祭」の開催である。

記念すべき第一回目には、津山出身のオダギリジョーさんや河本準一さんを津山に招聘しての映画祭の開催。稲葉浩志さんにも応援メッセージをいただくことをお願いすることにした。津山出身のスターが大集合するのだ。

そして、第二回映画祭の開催もすでに決定している。そこで上映するための津山高校を舞台とした映画『十六夜の月子』を制作した。この映画の原作は何を隠そうこの本だ。タイトルは『小説　岡山県立津山高等学校』とした。津山高校で過ごした二年間、私の青春の軌跡が詰まっていると言えるだろう。数年前からコツコツと書き溜めてきたものが、やっと小説という一つの形になった。

映画のモデルになることは、長年思い描いてきた夢だった。私の小説を映画化したいと思ったのは父親の影響でもある。父親もかつて映画のモデルになったことがあるのだ。

あれは、私が九歳の時だった。大勢の警察官が家に押し掛けてきた。何事かと思ったが、父親が運転していた新幹線内に時限爆弾が仕掛けられていたのだ。車掌が発見し、ともに冷静に対応して事なきを得たという。もし発見されていなかったら爆発していたそうだ。

事件の詳細は次の通りである。

昭和四十二（一九六七）年四月十五日十二時三十分、父親が運転する東京駅発の新幹線下り「ひかり二十一号」が熱海、静岡駅間を走行中に、車掌が七号車十六番Ｄ席の上に『源氏物語』（ケース入り）一冊が置かれているのを発見した。豊橋駅を通過後、まだそのケースが置いてあり、不審に思い、専務車掌が本をケースから取り出した。その際、本から電線状の物体が飛び出した万年筆のキャップ状の物体を発見。『源氏物語』のケースの中に、時限爆破装置（ダイナマイト三本、電気雷管三本、乾電池一本）が仕掛けられていた。

父親は、運転中に警察とやりとりを行い、次の停車駅名古屋駅に着くまでは爆発しないでくれと祈ったと後に聞いた。新幹線は急ブレーキをかけても数キロは止まらない。爆発すれば大惨事になる。恐怖を感じて運転したそうだ。

名古屋駅で爆弾は引き渡されたが、爆弾が仕掛けられていてもダイヤ通り新幹線は運行された。「新幹線ひかり号爆破未遂事件」として当時の大きなニュースとなった。

警察の威信をかけた全国的な大捜査で、犯人は約一年後に見つかり逮捕された。爆発物マニアの十八歳の少年であった。飛行機と違い、新幹線内には誰でも荷物を自由に載せることができる。不審な客がいないかどうか常に車掌は目を光らせて対応しているそうだ。

後にこの事件は、『新幹線大爆破』という映画になった。高倉健が主役で、千葉真一が、運転士役。父親がモデルとなった。

そして、今度は私の番だ。父親に続き、映画のモデルになることが実現する。

私の父親は次男坊だ。本当は憧れの津山中学に入りたかったが、先に国鉄の試験を受けて合格したので、尋常高等小学校を出てすぐに国鉄に入社した。蒸気機関車の運転士から電車の運転士として働いていた。そして東京オリンピック開業に合わせ、新幹線が開業さ

『山本宗（つかさ）』新幹線開業時の初代運転士第一号の一人。奈義町高円出身

新幹線開業前、東京－新大阪間、世界最速3時間10分試験走行成功時に撮影

天皇お召し列車運転の名誉

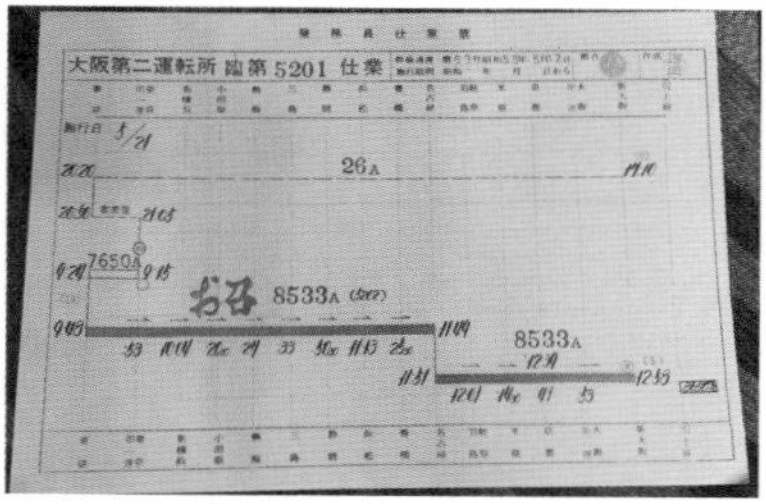

大阪第二運転所 臨第5201 仕業

26A

お召 8533A

8533A

お召列車乗務員仕業票

お召列車乗務記念メダル

山本宗出身地にある
奈義町現代美術館

れる際に一発奮起して、全国からの運転士の選抜試験を受け狭き門を合格。新幹線の運転士第一号の一人となった。当時の試験はパイロットになるくらい難しかったという。小学校しか出ていない親父は独自で猛勉強したそうだ。全国の精鋭が集まる新幹線開業運転士選抜試験を受けると言っただけで周りからは気が狂ったのかと言われたという。

数年前にモナコ公国に旅した際に、モナコ美術館で日本展を開催していた。入館して驚いた。日本の代表文化として、忍者漫画『ＮＡＲＵＴＯ－ナルト－』と、世界最先端テクノロジーとして、新幹線の開業ストーリーが写真で展示紹介されていたのだ。その写真にいたのが親父だった。新幹線の運転席で、必死の形相で運転している写真である。写真の注釈に「大阪－東京間を世界最速、はじめて三時間十分で走行した時の試験走行写真」とある。そしてコンピューターのない時代、運転士が時間計算をして一分も違わない運転を成し遂げている、と書かれてあった。その写真を見て涙が出た。

私は父親から、幼い時から、長男として、高円の山本家であることを誇りに持てと言われて育った。結婚しても本籍地は変えてはならない。出処がわからなくなるからだ。将来は先祖伝来の地に恩返しをしろ、と。当初その意味がわからなかった。しかし、遠いモナコ美術館で、奈義町高円出身者が二人も日本の文化の代表として紹介されている。胸が熱くなった。津高に転校して、津山に住んで父親の言っていた言葉を理解した。こんな山奥の田舎町でも世界に誇れるものが思いを持てばできるのだと。

父親は定年まで新幹線運転士一筋。山陽新幹線の開通運転士、天皇のお召列車の新幹線運転士も務めた。そういえば、母親は家にあった、宮内庁からいただいた名誉ある記念の菊の御紋のたばこを平気で人に配り、父親に怒られていたっけな。

今の私があるのは、父親と母親のお陰だ。父親は常日頃「教育が大事だ」と言っていた。国鉄の給与は高くないのに、東京の大学へ通わせてくれた。母親も共働きで家計を支えていた。現役で憧れの早稲田に受かったにもかかわらず、浪人して希望の学部へ行くことを許してくれた。そんな両親には感謝の言葉しかない。

大学四年の時に母親が乳癌にかかった。大学時代、いかに貧乏な長期旅行をしたかを競い合う「早大旅の会」に入り、リュックサックを背負って世界を放浪した体験から、世界を相手にしたビジネスがしたいと大手商社に内定をもらっていたが、急遽、母親の病気が心配で転勤のない会社への就職に方向転換。親父の影響で、電鉄会社に就職を希望し、母方の叔父が私鉄創業者の遠縁という縁故で、大手私鉄に内定をもらったが、その会社に行きたくないと駄々をこね、紹介者に父親は土下座までして謝ってくれた。

津高時代、無期停学を喰らった際、本来なら自宅謹慎であるが、京都から単身で津山に下宿しており津山には自宅がない。父親は仕事を休んで下宿に来て、姫田先生の相手をしてくれた。姫田先生と父親は、「馬鹿を出せ、と言われたら何歳になっても親が出ていく

美都津山庵
玄関正面の暖簾は画家・彫刻家の武藤順九氏作

美都津山庵等
専用駐車場大型看板

様々な活動の拠点
『津山街デザイン創造研究所・アトリエ』

ものだ」と意気投合していた。

姫田先生の息子は、津高で同級生であった。私とは違い、学年で一番。もちろん現役で東大法学部へ入学後、建設省に入省。のちに行政担当をしていた仕事で再開し、大変お世話になった。私は早稲田を卒業して、定年後に独立して会社を興すまで、大手エネルギー会社に勤務。世界の輸送用エネルギー情勢を研究、調査し、政府へ政策提案を行う職務についた。いわゆる霞が関担当である。

霞が関キャリアは、東大法学部でなければ人にあらず、という風潮であったが、一昔前、国家予算を握る大蔵省の主要ポストのキャリア三課長が、同時期、全員、津高ＯＢであり、霞が関でも津高の名は知れ渡っていた。頃安健司元大阪高等検察庁検事長や、小泉総理の時の林省吾総務省事務次官も津高ＯＢ。同時期、京都府太田知事室長、兵庫県内田知事室長も津高ＯＢ。仕事で大変お世話になった。今の太田昇真庭市長である。京都府副知事から真庭市長へ。バイオマス発電、里山資本主義としてその活躍は全国に轟いている。

そして、津高ハンドボール部の一学年上の小林充佳先輩は、ＮＴＴ西日本の社長となった。残念ながら亡くなられたが、武士道、江戸学の権威で、映画『決算・忠臣蔵』の原作者でもある山本博文東大教授も上之町の出身。火山が噴火すると決まってテレビにコメンテーターとして出てくる井口正人京大教授は津高同級生だ。その他、久山康元関西学院長、影山哲夫元近畿大学学長、マーケティングの神様・フイリップ・コトラーとの親交も厚い松野弘現代社会総合研究所所長も津高ＯＢである。

津山は人口たかだか十万人程度の街である。旧美作国の首都とはいえ、地方の田舎の小都市である。しかし、津山出身の著名人は多い。その理由はなぜか。七十九歳で亡くなった父親がよく言っていた。作州、美作国は千三百年以上続く歴史がある。そして千年以上続く旧家は数多くある。苗字でどこの出身の人かわかる地域だ。各家とも長い長い歴史の中で、栄えてきた時も、没落した時も含め、紆余曲折の歴史を抱えている。

作州の人々は、物はいつの時も永遠に続かない。戦や政変であっという間に失う。しかし身に着けた教育は逃げない。知識、知恵があれば、たとえ全ての財産を失っても、自分で考え、自分で立ち直ることができる、と考え、昔の人達は田畑を売っても子供達に教育を授けた。その教育の頂点にいたのが津山中学であり、今の津山高校だ。

たった十万人程度の地方都市の高校が、愛媛の名門進学校である松山東高校や、かつての岡山一中である岡山朝日高校をライバルとしていた。岡山県下で岡山一中（現岡山朝日高校）に次ぐ歴史を誇る津山中学は作州大学とも呼ばれ、天皇が来津された際も津中にご案内。早稲田の大隈重信候も津中を訪れ植樹をしている。

私の一年後輩の津高二十九期（昭和五十三年卒）の時代は、津高が国公立大学合格者数で岡山朝日高校を抜き、名実ともに岡山県のトップ高校であった。しかし現在は過疎が進み、少子化。昔の面影はほとんどなく、過去の栄光と化している。思うに現在の津山は真のリーダーシップがいない。津山人にとっての安定した人生は、津高から、岡大等地元の国立大学に入り、市役所に入るのがゴールになり、そこで波風無く過ごせば安泰という風潮がにじみ出ている。

人口も十万人を切り、市民の意識が変わらずにこのままでは本当に津山が消滅都市になってしまう。何とかしなければ……。

少し休憩しよう。歩き疲れた私は、自動販売機で缶コーヒーを買うと、公園のベンチに座った。マスクを外して深呼吸をする。先ほどまでの息苦しさから解放されて、気分爽快だ。新型コロナウイルスの感染拡大による影響で、今やマスク、消毒、検温が当たり前の日常となっている。その影響で旅行をする観光客は激減。津山だけでなく全国の観光地は大打撃を受けている。しかし、私はこの事態をマイナスには捉えなかった。むしろ、プラスの発想で乗り越えることにした。この時代のニーズに合ったものを提供すればいいのだ。

津山観光の目玉となる城東地区には、新型コロナ対策を施した世界最先端のリモートトロックシステムによる二軒の宿泊施設を建設した。誰にも会わずにチェックイン＆アウトが

美都津山庵夕景
(津山市中之町8-1)
撮影:福原博美

美都津山庵の作州絣暖簾
（福田屋小路に設けられた宿泊専用入り口）

178津山ファンクラブルーム
（リストワールホテル津山内）

178津山ファンクラブ
ルーム内
ファンにはたまらない
お宝グッズ満載

美都津山庵ロビー
昭和初期の妖艶な津山美人

できる画期的なシステムを搭載してある。この宿泊施設の名称をそれぞれ「美都津山庵」、「リストワールホテル津山」とした。

美都の名は、徳川家康の末裔、松平洋史子様が、津山のためにつけてくださった言葉だ。そして京都のように、出雲街道と交わる小路にスポットをあて、フーテンの寅さんの映画のロケ地にもなった福田屋小路付近を、倉敷の美観地区に対抗し、「津山美都地区リストワール小路」と命名した。リストワールとは、フランス語で「歴史・物語」の意味だ。津山にふさわしい名前といっていいだろう。

「美都津山庵」内には、美味しい津山珈琲が飲める、その名も「リストワールカフェ」を新規オープンさせた。珈琲という字が生まれた町「美都」津山を全国的にアピールすることが目的だ。珈琲という文字は味を楽しむだけではなく空間を楽しむという意味が込められている。珈琲を飲み、「津山」という空間を楽しんでもらうために、マニュアルで動くプロではなく、意欲ある地元の方々に運営してもらっているのだ。言葉も津山弁で接客してもらうことで津山そのままを楽しんでもらう空間を作ることとできた。

宇田川榕菴は、珈琲たるものに牛乳を入れて飲むと、文献に記している。こうした歴史的、文化的な遺産が津山には山のようにある。私はそこからヒントを得て、津山珈琲と新鮮な蒜山高原のジャージー牛乳を使用した日本一のホワイトラテを商品化し、販売することを思いついた。この「美都蒜山ホワイトラテ」は橋野食堂の「ホルモンうどん」に並ぶ津山名物へと成長を遂げた。

そして「リストワールホテル津山」には稲葉浩志さんファンが集う場所として「178津山ファンクラブルーム」を併設した。稲葉浩志さんの実家であるイナバ化粧品には、年間一万人以上のファンが訪れている。イナバ化粧品は、津山を観光する目玉ではあるが、それだけで観光客を帰らせてしまうのはもったいない。何かできないだろうかと、私は常々考えていたのだ。宿泊施設に「178津山ファンクラブルーム」を併設することで、長期滞在、リピート客を増やすことができた。

エレベーターもエスカレーターもトイレもなく、車椅子の人が利用できなかった津山駅は、津山市民が待ち望んだ全面バリアフリー化されることとなった。

この二年間で津山は活性化し、変貌させる仕掛けを作った。もう津山を消滅都市だとは、誰にも言わせない。私は祝賀会で皆に約束した津山再起動計画を成し遂げる足がかりを作った。


目の前を突風が吹き抜けた。桜の枝から花びらが舞い散っている。凛として美しく、どこか儚い桜を眺めていると、かつての恋人の姿と重なった。

月子とは、あれ以来会ってはいない。風の噂で、孫の星花ちゃんが津山中学に受かったことを聞いた。きっと今では随分とお姉さんっぽくなっているんだろうな。

月子に会いたくないと言ったら嘘になる。しかし、今の私にはやるべきことが山ほどあるんだ。津山再生の構想はまだまだ続いている。新型コロナで海外との交流は厳しい状況であるが、これまでの海外とのビジネス経験、コネクションを活かして、津山と世界を直結させ、津山にいても世界観が広がる活動を推進していきたい。二十代、三十代で知り合ったフランス人の友人たちは、今や夢を叶え、ノルベール・ルレ氏（※79）はルイヴィトン・モエヘネシー・ジャパン社の社長に、ブルーノ・メナール氏（※80）はミシュラン三つ星シェフとなった。彼らの力も借り、それらを一つずつ実現していくのだ。

その第一歩として、津山に設立した新会社は在日フランス商工会議所賛助会員となった。私を育ててくれて、私の人生を変えてくれた津山のために恩返しがしたい。

これからの人生を津山の発展にささげる。私の決意は固い。

なあ、月子。もしどこかで私の噂を聞いた時は、「翔太君、すごいわ。さすが私が好きになった人ね」と心の中で褒めてくれないか？　私と過ごした季節が、君にとって誇れるものであってほしい。それが私のささやかな願いでもあるんだ。

遠くから月子の幸せを祈っているよ。私達は、同じ空の下にいる。世界は皆、同じ空の下にある。千三百年以上の歴史を有する津山は、先人に学び、その歴史に光をあて、世界に夢を馳せる街に、津山出身であることを誇りと自信に思う街に変貌しなければならない。

私は山本翔太。現状に満足して立ち止まることはしない。毎日が挑戦の日々だ。

私と津山の可能性は無限大。これからも進化し続けるはずだ。
見上げた空は驚くほど青かった。
そしてまた……新たな夢の第一歩を、私は踏み出す。

（終わり）

ノルベール・ルレ（※79）
フランス生まれ。1981年来日し上智大学に入学。その後再来日しフランス大使館勤務を経て帰国、「ル・コルドン・ブルー」に勤務し日本初の「ル・コルドン・ブルーコース」設立を著者と協力して実現。キャンピングガスジャポンを経て、ベルギー滞在の後、LVMH社入社。1997年再来日しケンゾー・ジャパンのマネジング・ディレクター、社長を経て、2003年アシェット婦人画報社社長、2006年ザラ・ジャパン取締役兼CEOを経て、2016年より・ルイ・ヴィトン・モエ・ヘネシー・ジャパン社代表取締役社長。

ブルーノ・メナール（※80）
1995年、著者がレストラン部門のオープニング企画を担当した今や伝説の六本木の「タトゥ東京」の初代シェフとして、著者がフランスより招聘。リッツカールトンホテル大阪・ラペ総料理長、米国リッツカールトホテルアトランタの総料理長を経て再来日。2008年銀座ロオジエのシェフとして、在日フランス人唯一のミシュラン三つ星シェフとなる。現在はシンガポールに拠点を移し、著者とともに奈義牛の国際ブランド化を推進中。尚、仲間の斉藤耕一初代リッツカールトン大阪製菓長作の美味しい小菓子『プラリーヌ』は美都津山庵内『リストワールカフェ』の「美都津山珈琲」に供えられている。

【参考資料】津山再起動における事業活動一覧

1 「津山国際環境映画祭」の開催

有志とともに設立した「津山街デザイン創造研究所」は、令和2年9月18日、観光庁が公募した、新型コロナ対策としての新たなツーリズムの創出のための「誘客多角化等のための魅力的な滞在コンテンツ造成」事業に応募。全国約3000件の応募の中で、わずか307件しか採択されなかった狭き門を潜り抜け、提案した「人と自然にやさしい映像文化の創造―『津山国際環境映画祭』の開催によって、地域の歴史や環境文化を学び、文明と自然との共生を地方からめざしていく」が見事採択された。

映画文化による地方の文化価値の醸成のため『津山国際環境映画祭』を毎年開催する計画である。岡山県北一の1000人の収容力を誇る津山文化センターを拠点として、滞在型映画イベントの開催及び地域映画の製作により観光と映画文化の復興をめざし観光誘客を図る。

●第一回津山国際環境映画祭開催地元出身のスター大集結

オダギリジョー長編初監督作『ある船頭の話』&初中編監督作『さくらな人たち』津山市凱旋上映記念イベントの開催

【概要】2019年、津山市出身の世界的俳優オダギリジョー氏が初めて監督として制作した長編劇映画『ある船頭の話』は、世界各地のコンペティションで高い評価を得ている。耐震および大規模改修を終えて開館した津山文化センターを、全国のモデルともなりえるコロナ対策を万全に施した岡山県北の文化芸術拠点として位置づけ、オダギリジョー氏に故郷津山にお越しいただき、映像に込めた熱い思いを直接語っていただくことで、津山市民への映画芸術文化の深化を図る。そして、津山市立東小学校時代の同級生でもあるお笑いコンビ「次長課長」の河本準一氏も招聘し、2008年制作の河本準一氏を主演に迎えたオダギリジョー氏の中編初監督作『さくらな人たち』もあわせて上映。そしてお二人と両映画に出演された山田浩氏をゲストとして招き、映画と津山に対する思いを語っていただくトークショーも開催。そして津山市民栄誉賞受賞者である稲葉浩志氏からの応援メッセージも披露。こうした津山の文化的活動を全国に知らしめ、観光誘客をはかるとともに、地方においても映画芸術が楽しめる場を創出する。

【開催日】２０２１年１月30日（土）・31日（日）会場：津山文化センター

【前座上映】11：00〜11：30　津山ホルモンうどん誕生秘話 短編映画『ホルモン女』上映　出演　河本準一、山下リオ

●**第２回津山国際環境映画祭の開催**

津山出身の新進気鋭頃安祐良映画監督による津山を舞台とした小説の映画『十六夜の月子』を制作。同じく津山文化センターにおいて上映。映画を通じて、津山の歴史に光をあて、地域の歴史、文化の再発見を促し、「滞在型映画芸術文化都市・津山」を目指す。また特別講演「新しいツーリズム『美しい建築の町・津山』作家・写真家・一級建築士 稲葉なおと氏」と、谷口圭三津山市長、小嶋光信両備グループ代表、河本宏子ＡＮＡ総合研究所取締役会長等による特別シンポジウム「岡山の魅力発掘『滞在型映画芸術文化都市・津山』及び美作（津山）と備前（岡山）を結ぶサスティナブルツーリズムの実現を目指して」を同時開催。

【開催日】２０２１年２月14日（日）・会場：津山文化センター

※この映画の原作は『小説　岡山県立津山高等学校』。すなわちこの本である。翔太の父親に続き、映画のモデルになる夢が実現した。「夢は思えば叶うもの」。未来ある津山の子供達に改めて伝えたい。

２「津山街デザイン創造研究所」の津山再起動活動

●**岡山県津山市に新たな観光ゾーン「津山美都地区リストワール小路」を創出**

《岡山県津山市について》

岡山県津山市は、ペリー来航時に米大統領国書を翻訳、東大医学部の源流となった「お玉ケ池種痘所」設立にも関わった箕作阮甫や、今では我々が当たり前に使用している「水素」「圧力」「瓦斯」「珈琲」の文字等を考案した宇田川榕菴など、

日本の近代の礎を築いた、数多くの優秀な洋学者を輩出。近代では東大、京大、早大などの多くの総長、あるいは、学長、さらには全日空やキリンビールなどの創業者等を、また現代では世界的ミュージシャンの稲葉浩志さん、オダギリジョーさん、河本準一さん、「忍者漫画ナルトの作者・岸本斉史氏（隣の奈義町高円出身・浄土宗開祖法然上人も高円が初学の地）等が活躍中。津山には津山市民も忘れている多くの知的・文化的財産がある。それをひとつ一つ目覚めさせ、郷土の誇りを取り戻し、さらなる発展を目指すため、城東地区をはじめ津山市の観光地としてのデザイン景観整備を行ない、産官学一体となったエリア価値創出活動を開始。また、津山市は、モナコ公国のホストタウンに決定。モナコ公国ホストタウン決定を機会に「津山モナコ国際文化交流協議会」を設立した。（所在地：津山市中之町8-1 美都津山庵内）。

《サステイナブル・ツーリズム・ゾーン＝津山美都地区リストワール小路》

１３００年以上の歴史を有する歴史文化都市・津山の自然環境に恵まれた歴史に光をあて、モナコ公国から欧州的な地場を主役とする西欧型滞在生活様式を学び、自然環境と共生する伝統的な日本文化とを融合化していく、新たな新型コロナ対策型の滞在型観光モデルゾーン＝「サステイナブル・ツーリズム・ゾーン＝津山美都地区リストワール小路」を、実証モデル第一弾として、津山市城東地区に創出、誘客多角化を目指す。

ｗｉｔｈコロナ期を念頭に置き、人と自然が共生可能な観光、すなわち、「サステイナブル・ツーリズム」（「持続可能な観光」）を通じて、自然と人との新しい関係を地球共同体の中で生み出し、経済的な豊かさ・自然（生態系）の美しさを感受し、人間の心の豊かさを回復する、新しい観光のあり方を模索していく。地方都市滞在型の観光の生活の「質」的向上＝Quality of Tourism を具現化していく。同時に、こうした活動を学術的にサポートしていく研究組織として、「サステイナブル・ツーリズム総合研究所」が、津山市に設立され、活動の基本理念を全国に先駆けて確立。この理念の「サステイナブル・ツーリズム」の醸成と啓蒙を津山から全国へ提唱していく。

また同時に、人材を含め、地域の歴史遺産に光を当てた「お宝遺産の発掘活動」を実施。そして長期バカンス滞在型のモデル宿泊所として、津山が旧美作国の首都として１３００年以上の歴史と文化を体感できる2軒のゲストハウス「美都津山庵」と「リストワールホテル津山」を開業。両ゲストハウスは、城東地区の旧出雲街道と路地にあり、この「美都津山庵」の正面玄関前が、山田洋二監督の第48作『男はつらいよ　寅次郎・紅の花』及び、当小説を原作とする、津山市出身、頃安祐良監督の『十六夜の月子』の映画のロケ地新たな津山市の観光地として期待される。

そして、「リストワールホテル津山」と「美都津山庵」を結ぶ福田屋小路を、「津山美都地区リストワール小路」と命名。この地域一帯が、同じ県内の倉敷美観地区に匹敵する新たな津山市の観光ゾーンとして整備していく。

「リストワールホテル津山」は、「178津山ファンクラブルーム」を併設。津山市民栄誉賞受賞者の人気ロックバンド「B'z」のボーカルを務める稲葉浩志さんの直筆サイン入りポスター等を飾った特設コーナーを設けており、専用駐車場には、稲葉浩志さんの二つの巨大看板が設置されている。稲葉浩志さんの実家として「イナバ化粧品店」は、全国のファンにとって、〝絶対的聖地〟であり、年間約1万人以上のファンが訪れる。

「津山美都地区リストワール小路」は、歴史ある旧出雲街道沿いにある「イナバ化粧品店」と「城東町並み保存地区」を結ぶ約2・1キロを、稲葉浩志さんが自転車で津山高校へ通った通学路沿いの小路に位置し、新しくオープンした2軒のゲストハウス「美都津山庵」と「リストワールホテル津山」を拠点として、知られざる津山の歴史地区を回遊してもらうことを目的としている。地方でありながら欧州式バカンスに学び長期滞在して楽しい、観光して楽しい、新たな発見を見出す日本の最先端モデル地域を目指している。

《新たな観光ゾーン「津山美都地区リストワール小路」ポイント》

(1)新型コロナ対策型の新しい滞在型観光モデルゾーンの創出に向け、世界初のＷｉＦｉ型スマートロックシステムを採用し、無人チェックイン&アウトモデルができる「美都津山庵」(同協議会の活動拠点、本拠地)及び別館である「リストワールホテル津山」をｗｉｔｈコロナモデル・滞在型宿泊モデル施設として、長期滞在型研究、ワーキング活動の滞在拠点として、周辺地域を回遊、津山の自然と歴史を体感していただく。

(2)日本初のサステイナブル・ツーリズム・ゾーンとして、両ゲストハウスを結ぶ約200メートルの津山市城東地区福田屋小路を「津山美都地区リストワール(仏語で歴史・物語の意)小路」と命名し、津山市の新たな観光ゾーンとして国内外にアピールする。

(3)「珈琲の字が生まれたまち・津山」津山珈琲と新鮮な蒜山高原のジャージー牛使用「美都蒜山ホワイトラテ」が楽しめる専門店「リストワールカフェ」が新規オープン。

所在地：津山市中之町8-1 津山美都津山庵内 TEL：0868-31-0178

（4）新たな観光ゾーン「津山美都地区リストワール小路」沿いの駐車場に、津山市出身の稲葉浩志さんの大型看板を設置。当地を拠点として、城東地区を「人力車」、「籠」にて、江戸情緒ある町並みを楽しむ新観光コースを創設する。

〜見どころ〜★箕作阮甫旧宅★津山洋学資料館★178津山ファンクラブルーム★稲葉浩志さんの二つの巨大看板★山田洋二監督の第48作『男はつらいよ 寅次郎・紅の花』及び頃安祐良監督『十六夜の月子』ロケ地＝美都津山庵★美都津山珈琲・リストワールカフェ（美都津山庵内）★城東町並み保存地区／国の重要伝統的建造物群保存地区として選定されている町並み保存地区。街道沿いの270棟の家屋のうち約6割以上という高密度で近世以降の伝統的建造物が現存し、その中でも江戸時代における有数の商家、旧梶村家住宅である「城東むかし町家」の建物は国の登録有形文化財に、庭園は国の登録記念物に登録★津山街デザイン創造研究所アトリエの巨大案内マップ

3 津山駅のバリアフリー化

津山駅に2021年をめどに、津山市民待望のバリアフリー化、エスカレーターが設置される計画が発表される予定である。

4 「緑の国―美作国・環境アートゾーン構想」の推進事業と「美作国・環境アート国際芸術文化祭」の開催構想

――環境アート都市づくりをめざして

「緑の国―美作国アートゾーン」構想とは、津山市・津山市周辺地域の自然豊かな環境を活かすべく、津山市を中心とした美作地方全体を「緑の芸術文化のまち」としてトランスフォームしていくことによって、伝統ある日本文化をさらに、自然環境と共生するグローバルな環境アート都市に転換していき国内外の誘客を目指すものである。日本の伝統の美と自然環境が調和した「美の国―美作アートゾーン」づくりを目指していくものである。

具体的な取り組み予定は以下のようである。
(1)2021年隅研吾氏のCLT東京オリンピックにて使用後の建物を津山市の近隣都市である、真庭市への移築により、真庭アートギャラリーが設立される予定。
(2)建築界のノーベル賞＝プリッカー省を受賞した礒崎新氏設計の奈義町現代美術館との連携―「美のグローバル化」。
(3)津山地域に、日本の美を世界に発信できうる日本美最高峰の建築家出江寛先生(第10代日本建築家協会会長)が移動可能な芸術的な「銀金・神仏の茶室」を制作―「日本の伝統美の追求」。
(4)津山市内にある個人美術館のネットワーク化と「津山美術館」の実現に向けた活動。
(5)奈義町に情報彫刻家菊竹清文氏の屋外彫刻美術館を併設する建築家大場晃平氏設計による長期滞在型ヴィラゲストハウスの建設を計画。実現できれば、美作国一帯が、直島の安藤忠雄氏、妹島和世氏(真庭市出身)に劣らない、世界最先端の緑の国アートゾーン＝環境アート都市の構築。美作国は、1300年以上の歴史を有し、奈義町高円は菅原道真直系子孫が住みつき、浄土宗の開祖法然上人初学の地であり、世界で最も読まれている忍者漫画『NARUTO-ナルト-』の作者の出身地でもある。当地で体験可能な、津山から提唱する新型コロナ対策を視野に入れた「サステイナブル・ツーリズム＝自然にやさしい持続可能な観光活動」は世界からの観光客を呼び込める日本有数の地域となりえる可能性を秘める。そして、津山は美作国の首都であり、珈琲、瓦斯、水素等の言葉を生み出した洋学発祥の地として古くより世界と直結した街であり、歴史と文化的資産の宝庫である。さらに作州一帯の景色は、まさしく欧米人が憧れる日本の原風景であり、本物の日本の美を世界に発信できる魅力の他である。この構想を、真庭市、鏡野町、奈義町、隣接鳥取県の智頭町等と連携して実現を目指し、観光客年間300万人の誘致を集中型誘致ではなく、時期・人数等に一定の制限を加えた分散型誘致によって、新型コロナ対策を十分に講じて実施するものである。

次の芸術国際シンポジウムを核として本事業を推進していく。
◇「第1回 緑の国―美作・環境アート国際芸術文化祭」の開催をコアとして、以下の事業を実施していく。「第1回 緑の国―美作・環境アート国際芸術文化祭の開催」とは、今や世界的な芸術祭となった瀬戸内国際芸術祭に来場する観光客を北上、回遊させることにより、香川県から岡山県南と県北が繋がる世界に類を見ない一大緑のアートゾーンについての構想を内

2019年10月「美作国アートゾーン構想シンポジウム」&出江寛展開催

左から山本昇、武藤浩元国土交通事務次官、林省吾元総務省事務次官、松平洋史子様、出江寛氏

全国から著名建築家が津山に集結

出江寛第10代日本建築家
協会会長による講演

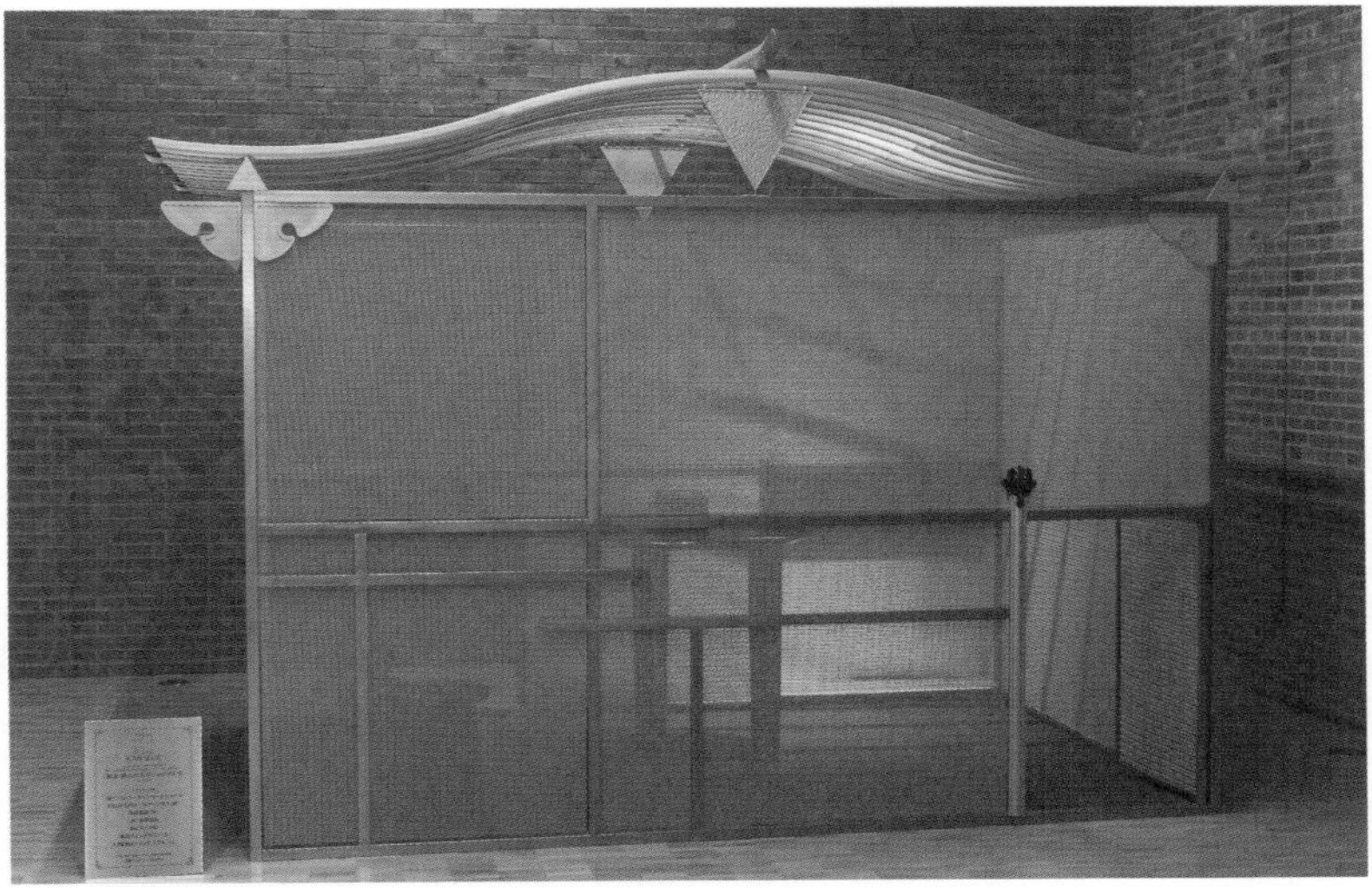

出江寛作『銀金神仏(かみほとけ)の茶室』を世界で初めて津山で披露

「銀金・神仏(かみほとけ)の茶室を披露する出江寛氏と松平洋史子様

178津山ファンクラブルームにて地元の街興し有志と交流

外の芸術家を結集して、「日本のサステイナブル・カルチャーの構築をめざして―日本の伝統美と自然との調和」に関して多角的に議論していただく。

［実施案］

（1）国際芸術アートシンポジウム―「第1回 緑の国―美作・環境アート国際芸術文化祭」の開催

「人生は芸術」と考え、芸術アートを生活様式に取り込む芸術文化先進国のフランスに学び、在日フランス商工会議所所属の仏を代表する企業及び文化人、及び、津山市がオリンピックホストタウンとなったモナコ公国の文化人や、奈義町に屋外彫刻美術館建設予定の彫刻家菊竹清文氏、建築家大場晃平氏、笹森則次氏を招聘してのシンポジウムを開催。

（2）「緑の国・美作国・環境アートゾーンのｗｅｂ発信―動画による世界発信（英語・フランス語・ドイツ語・中国語等のヴァージョンを製作）

（3）「緑の国―津山環境芸術文化の散策ツアー～美作地域にある美術館、自然豊かな山・川・庭園・鎮守の森等を巡るツアー」の実施

5

サステイナブル・ツーリズム戦略の構築に向けて

―オリンピックモナコ公国ホストタウンを機とするモナコ公国との文化融合型の国際文化交流事業及び新たな新型コロナ対策対応観光ゾーンの創出事業構想

東京2020オリンピック・パラリンピックで、津山市はモナコ公国のホストタウンに決定。モナコ公国ホストタウン決定を機会に「津山モナコ国際文化交流協議会」を設立。（津山市中之町8-1　美都津山庵内　0868-20-1781）。

1300年以上の歴史を有する歴史文化都市・津山の自然環境に恵まれた歴史に光をあて、モナコ公国から欧州的な地場を主役とする西欧型生活様式と自然環境と共生する伝統的な日本文化とを融合化していく、新たな新型コロナ対策型の滞在型観光モデルゾーン＝サステイナブル・ツーリズム・ゾーンを津山に創出する。

これまで自治体の国際交流は姉妹都市として記念碑、交流のみに留まるケースが多いが津山市城東地区に長期バカンス滞在型（ワーク&バカンス型）の新たな観光ゾーンの創出を行い観光誘客を図る。そしてその活動理念となる「サステイナブル・ツーリズム理念」を策定し、津山から全国に向け提唱する。

具体的な活動として、

（1）津山にモナコ国王の招聘を目指し、街中に「アート交流」・「文化交流」・「武道交流」・「食交流」・「現代文化 交流＝漫画&アニメ交流」・「映画交流」・「アートビジネスの創造」・「バカンス地としての交流」という8つの交流活動を通じて、津山が日本、アジアにおけるモナコ公国の窓口としての機能を果たし、安全・安心・快適な新たな滞在型観光戦略を創出する。

（2）全国のモデルともなりえる新型コロナ対策を施した、津山から提唱する世界最先端の「サスティナブル・ツーリズム」の理念の元、「前述8つの交流活動」を整備、津山市城東地区に新型コロナ対応モデルとなる新たな滞在型観光ゾーンを創出する。

（3）津山から日本の美を世界に発信し、モナコから新しい「生活の質」の豊かさ、潤いをもたらす優雅なバカンスの過ごし方等を津山に導入する。

［具体的な実施イベント等］

・同時開催「長野オリンピック聖火台作者・情報彫刻家・菊竹清文氏情報彫刻作品Ｆｒｅｅｄａｍ除幕式」２０２０年２月リストワール津山予定。「津山モナコ国際文化交流協議会」設立記念事業として菊竹清文先生から津山に寄贈された、コロナ収束と自由な国際交流への願いを込めた貴重な彫刻作品「フリーダム」を除幕披露する。作品は津山市城東地区の「津山街デザイン創造研究所」の中庭に常設。

・モナコとの8つの交流（「アート交流」・「文化交流」・「武道交流」・「食交流」・「現代文化交流＝漫画&アニメ交流」・映画交流」・「アートビジネスの創造」・「バカンス地としての交流」）をわかりやすく周知するためのビジュアルと情報コンテンツを製作し、国内外へネット配信する。

・新たな観光ゾーン「津山美都地区リストワール小路」沿いの空地（現在駐車場）を「津山モナコ国際文化交流広場」と命名し、一角をモナコ公国の名産物の薔薇（国王の母上グレース・ケリーが愛された薔薇の種をいただき）を植え「モナコ・グレースケリーバラ園」と命名。イベント広場。

・新たな津山津山名産品として、モナコの名産の薔薇を用いた仮称「モナコ薔薇ティー」及び「モナコ薔薇ティーセット」の商品開発と販売。
・「津山モナコ国際文化交流広場」を拠点として、城東地区を「人力車」、「籠」にて、江戸情緒ある街並みを楽しむ新観光コース創設。

6

コロナ時代のツーリズムの対応と「スポーツ・ツーリズム」の役割
――「武道ツーリズム」による観光客誘致事業への試み

古代ローマの詩人、デキムス・ユニウス・ユウェナリスの有名な言葉「健やかな身体に健やかな魂が願われるべきである」(orandum est,ut sit mens sana in corpore sano)という言葉に示されているように、心身の健康の大切さが人間の「幸福」への道であることを謳っている。本事業は津山から提唱する「サステナイブル・ツーリズム」の要素である「スポーツ・ツーリズム」の一環である。健全なる精神と身体をともに育てる「武道」を観光客の方に見学・体験し、かつ、楽しんでいただくことで、人々の「幸福」を実感していただくことが目的である。

江戸期の武術の達人、作州・宮本武蔵の伝統をもつ津山市が位置する県北美作地方は、江戸時代の津山松平藩以来、武道（剣道・柔道等）の歴史的伝統をもち、日本における「武道の聖地」として内外の武道愛好家を呼び寄せるためのイベント・研修事業の推進していくための実験的試みである。

また、「津山を武道の世界の聖地に」をスローガンとして、日本の伝統文化、並びに、「武道の世界発信拠点」として、国内外からの「武道ツーリズム」の啓蒙と定着によって、武道及び武道の精神を愛好する観光客の誘致をめざす。また当事業は単に、津山、美作地方においての武道体験ではなく、当地域における「武士道」の教え、並びに、武道の実践的な体験を通じて、日本の歴史、文化、伝統を世界に知らしめることは「スポーツ・ツーリズム」推進のための事業でもある。

●すでに、津山市体育協会津山武道学園他美作地方の主たる道場は本場の日本武道を習得したいと希望する方々を、初心者から上級者まで受け入れる体制を整え、世界から日本の武道の愛好家に来ていただき、武道を通じた国際文化交流をはかり地域活性化を推進している。その活動母体となるのは地元有志、及び、国内外の支援者から成る「津山街デザイン創造研究所」の「津山武道普及推進部門」である。国内外へ津山武道、津山の魅力をアピール官民一体となり津山市や美作地域の振興及び観光客誘致を推進していく。

●津山市がある岡山県北、美作地方には、1532年に創始されたと伝わっている日本の多くの武術流派に影響を与えてきた羽手（柔術）・棒術・剣術・居合等を中心とした「竹之内流」があり、武術の発祥の地とされている。また、剣豪宮本武蔵が誕生した地方であり、津山城築城以来、武士社会はもちろん庶民の間にも武道が盛んに行われ、現在まで脈々とその伝統は引き継がれており、特に剣道では、現在津山の地に剣道7段の有段者五十数名がいる。また数多くの武道日本一を輩出している。（全日本剣道連盟・神谷明文常務理事。最高位の八段範士・津山高出身。関学大時代個人戦大学日本一。藤田長久元津山武道学園長。鏡野高校・国士舘大学で日本一等）

●他方、世界各国で人気のある、忍者漫画『NARUTO-ナルト-』の原作者岸本斉史氏も美作地方の出身者であり、当地域の武道の影響は大いに受けている。宮本武蔵、忍者漫画『NARUTO-ナルト-』の故郷としてのアピールも誘客の武器になる。

●津山武道学園は、剣道・柔道・空手道・合気道・少林寺拳法・弓道・相撲の7つの武道愛好家達が集まり、伝統ある津山武道の振興を目指している団体。「津山を〝世界の武道の聖地に〟」という大きな夢の実現に向け活動を推進。世界から本場の日本武道を習いたい方々を初心者から上級者まで津山市体育協会武道学園及び美作地方の主要道場にて受け入れる体制をすでに整えており、世界から国内から日本の武道の愛好家に来ていただき、武道というスポーツを通じて、①「武士道の教え」、②「津山武道公開研修セミナー」（歴史・文化を学び、実体験を行う予定。日本の主要大学の剣道部と連携）、③「オンライン法式での津山武道国際交流イベント」③「分散型武道の聖地ツアー」等のイベントを行い、国際文化交流を推進し、地域活性化に貢献していく。

美作の100人

【スポーツ】

可児　籌吉［かにかづきち］
明治21年(1888)9月5日生まれ〜昭和40年(1965)頃没／津山市出身
杖術家。津山松平藩士族松岡寿夫政和の三男に生まれ、一子相伝の今枝新流杖術を学び宗家を継承しました。門外不出の武道であった慣行を改めるとともに岡山県古武道振興会を結成して理事長に就任。古武道の発展に尽力しました。

福井　行雄［ふくいみちお］
明治35年(1902)10月25日生まれ〜昭和58年(1983)3月9日没／津山市出身
陸上競技ハードル界の第一人者。第7回関東学生陸上競技選手権大会200m障害で24秒3の世界記録を樹立しました。一線から退いた後はベルリンオリンピックの陸上コーチなどを務め、岡山県体育賞、秩父宮賞などを受賞しました。

友金　藤吉［ともかねとうきち］
明治20年(1887)5月23日生まれ〜昭和46年(1971)5月10日没／真庭市出身
教育者・岡山県スキーの先覚者。雪深い郷土でのスキーの運動、交通手段としての可能性に着目し、蒜山スキー倶楽部を設立、全日本スキー連盟に関西で初めて加盟しました。『蒜山盆地植物誌』の著書があります。

衣笠　巖［きぬがさいわお］
明治36年(1903)5月29日生まれ〜平成2年(1990)4月4日没／鏡野町出身
柔道家・九段。柔道師範監督として全国的規模の大会に出場し、優勝6回。選手は毎回白帯で出場したので「白帯津中」として全国に知られました。岡山県柔道連盟会長、名誉会長として柔道発展に尽力しました。

森末　虎太郎［もりすえとらたろう］
嘉永元年(1848)3月21日生まれ〜大正8年(1919)2月2日没／鏡野町出身
武術家。初名鹿之助。剣術・神道無念流の達人武田淳左衛門信嘉の三男。剣術を学び、岡山県講武会審査長兼評議員など務めました。研武館を建設し、剣道の普及に努めました。武徳会本部教士となり、吹上御殿で天覧試合を行うなど剣豪として知られました。

木村　象雷［きむらしょうらい］
明治41年(1908)2月9日生まれ〜昭和61年(1986)1月28日没／勝央町出身
オリンピック水泳選手。同志社中学から早大に進学、アムステルダム・オリンピックに100m背泳ぎで出場。日本選手権では3連勝し、3年連続で日本新記録。3年目には1分15秒2をマーク。マニラでの第7回極東選手権代表となりました。

大杉　勝男［おおすぎかつお］
昭和20年(1945)3月5日生まれ〜平成4年(1992)5月30日没／奈義町出身
プロ野球選手・コーチ。中学校から野球を目指し、高校卒業後、テスト生で東映に入団。本塁打王、打点王各2度、ベストナインには5度選ばれました。その後ヤクルトに移籍し、セ、パ両リーグで1000本安打を記録しました。

宗　道臣［そうどうしん］
明治44年(1911)2月10日生まれ〜昭和55年(1980)5月11日没／美作市出身
昭和22年(1947)10月、香川県多度津町において、力愛不二の〝教え〟と自己確立・自他共楽を旨とする〝技法〟を中心とした、社会に役立つ人づくりの教育システムを考案して、拳禅一如の「少林寺拳法」を創始、少林寺拳法師家となりました。

金子　長之助［かねこちょうのすけ］
明治16年(1883)5月26日生まれ〜昭和44年(1969)6月28日没／西粟倉村出身
日本最初のマラソン大会優勝者。1909年(明治42)3月21日、日本で最初にマラソンの名称が使われた神戸〜大阪間マラソンで2時間10分54秒で走り、優勝。のちに、養子入り先の智頭町では偉業を顕彰して「綾木杯」マラソン大会が行われました。

【芸術文化】

赤松　麟作［あかまつりんさく］
明治11年(1878)10月11日生まれ〜昭和28年(1953)11月24日没／津山市出身
洋画家。1901年に完成させた「夜汽車」が、第6回白馬会展覧会で白馬会賞を受賞。また美術教育面での功績も特筆すべきものがあり、赤松洋画塾を開設。佐伯祐三など関西画壇をリードする数多くの画家たちを世に輩出しました。

数多くの著名人を輩出した美作。
スポーツ・芸術文化・教育福祉・科学技術・産業経済・政治・その他とジャンル別に紹介します。
（美作国建国1300年記念事業実行委員会発刊『みんなで学ぶ　ふるさと美作のあゆみ』から引用）

浅本　鶴山 [あさもとかくざん]
明治18年（1885）12月18日生まれ～昭和31年（1956）9月19日没／津山市出身
陶芸家。九州、後出石・明石（朝霞焼）、稲見・静岡（賤機焼）などで陶技を修行し、その後京都の陶器学校に務めるかたわら橋本関雪に絵を学びました。故郷の津山に帰った後は数人の弟子を育て1924年には『南蛮雅陶琉球風書・鶴山手探略図等』（未発表）を著述しています。

出　隆 [いでたかし]
明治25年（1892）3月10日生まれ～昭和55年（1980）3月9日没／津山市出身
哲学者・東大教授。東南条郡津山東町で渡辺惟明の二男に生まれる。東京帝国大学に進学し、卒業後は東京帝国大学教授となりました。ギリシャ哲学の権威者として、『アリストテレス全集』や『出隆著作集』など多数の著書があります。

大谷　是空 [おおたにぜくう]
慶応3年（1867）生まれ～昭和14年（1939）3月没／津山市出身
俳人。大学予備門（東京大学の前身）を卒業。大学予備門の同期生である正岡子規の勧めで俳句を始め、『山陽新報（山陽新聞の前身）』の俳壇選者を務めたこともあります。また、明治29年に評論集『是空俳話』を刊行しました。

尾上　柴舟 [おのえさいしゅう]
明治9年（1876）8月20日生まれ～昭和32年（1957）1月13日没／津山市出身
歌人・書家・国文学者。水甕社を興し、歌誌『水甕』を創刊、主宰。60余年に渡る短歌界に残した功績は大きく、新万葉集の選者、帝国芸術院会員、日展審査員（終身）、新年歌会始選者（終身）などの栄職を歴任しました。

西東　三鬼 [さいとうさんき]
明治33年（1900）5月15日生まれ～昭和37年（1962）4月1日没／津山市出身
俳人。埼玉県朝霞病院歯科部長に就任、在職中患者の勧めをきっかけに俳句同人誌「走馬灯」に初投句。その後新興俳句運動の代表的作家になりました。句集には『旗』『夜の桃』『今日』『変身』があります。『変身』は没後、第2回俳人協力賞を受賞しました。

正阿弥　勝義 [しょうあみかつよし]
天保3年（1832）生まれ～明治41年（1908）12月19日没／津山市出身
彫金師。岡山藩主用命の金工として刀装具の彫製にたずさわる。明治維新後は香炉、花瓶など美術工芸品制作に技術を活かし、1880年のメルボルン万国博覧会からフィラデルフィア万博まで数々の優秀な賞とメダルを獲得しました。

高山　毅 [たかやまつよし]
明治44年（1911）8月1日生まれ～昭和36年（1961）10月28日没／津山市出身
評論家・児童文学者。朝日新聞社「朝日評論」副編集長などを歴任しながら文芸評論、児童文学評論を執筆。『危機の児童文学』『児童文学の世界』を著し、これらは児童文学理論の基礎をなす必読書と言われ、没後には功績を顕彰して日本児童文学者協会に高山賞が設けられました。

武岡　鶴代 [たけおかつるよ]
明治28年（1895）9月18日生まれ～昭和41年（1966）9月30日没／津山市出身
声楽家・教育者。リサイタル・レコード発売など演奏活動で活躍する。指導者としても名声を博し、宝塚音楽歌劇学校などの講師を兼任するかたわら、大阪放送合唱団の指導にも当たり、自他共に認める声楽界の第一人者でした。

棟田　博 [むねたひろし]
明治41年（1908）11月5日生まれ～昭和63年（1988）4月30日没／津山市出身
小説家。「大衆文芸」誌に『分隊長の手記』を連載、ベストセラーとなり文壇デビュー。1942年戦争体験を書いた『台児荘』で野間文芸奨励賞を受賞。故郷を題材にした『ハンザキ大明神』、『美作ノ国吉井川』『宮本武蔵』などの作品があり、多くがドラマ化されました。

八雲　理恵子 [やぐもりえこ]
明治36年（1903）8月15日生まれ～昭和54年（1979）1月13日没／津山市出身
映画俳優。八雲恵美子の芸名で五所平之助監督の「初恋」でデビュー。その後、同監督の「からくり娘」で認められ、「その夜の妻」「東京の合唱」にも出演しました。その後理恵子と改名し、代表作は「浮草物語」。

岩原　諦信 [いわはらたいしん]
明治16年（1883）1月1日生まれ～昭和40年（1965）3月29日没／津山市出身
真言宗の僧侶・声明家。特に声明を専攻。五穀寺住職となり、その後大僧正に昇進。真言宗大本山会から密教学芸賞を受賞。日本で初めて経文を五線譜に表しました。「南進流　生命の研究」など、20余冊の著書があります。

和田　松山 [わだしょうざん]
明治24年（1891）8月4日生まれ～昭和57年（1982）9月7日没／鏡野町出身
木工芸作家。木地彫り技術を修練し、ブナを材料に木目を活かした大型丸盆を数多く制作しました。木地を彫る鑿などの道具類は、手製鍛冶で制作。岡山県重要無形文化財に指定され、轆轤（ろくろ）木地彫りの伝統を守る最後の木地師と言われました。

片岡　鉄兵 [かたおかてっぺい]
明治27年（1894）2月2日生まれ～昭和19年（1944）12月25日没／鏡野町出身
小説家。「人間」新進作家号に『舌』を発表、作家生活に入りました。同人雑誌「文芸時代」を創刊し、『幽霊船』など数々の作品を発表。通俗小説に転じ、朝日新聞に連載した『朱と緑』は映画化されて好評を得ました。

木村　毅 [きむらき]
明治27年（1894）2月12日生まれ～昭和54年（1979）9月8日没／勝央町出身
小説家・評論家。『兎と妓生と』を大阪毎日新聞に掲載。翌年、小説に関する理論的研究を『小説の創作と鑑賞』にまとめ、『小説研究十六講』で好評を得ました。渡米後、『ラグーザお玉』で大衆文学に新たな広がりをつくりました。のち明治文化研究の功績で、菊池寛賞を受けました。

額田　六福 [ぬかだろっぷく]
明治23年（1890）10月2日生まれ～昭和23年（1948）12月21日没／勝央町出身
劇作家。雑誌「新演芸」の脚本懸賞募集に『出陣』を応募し1等に入選。翌年歌舞伎座で上演され大評判となりました。映画化された『冬木心中』は代表作です。『天一坊』など歌舞伎、新国劇、新派に多数の脚本を書き、児童のための小説も著しています。

阿部　知二 [あべともじ]
明治36年（1903）6月26日生まれ～昭和48年（1973）4月23日没／美作市出身
小説家・評論家・英文学者。「新潮」に『日独対抗競技』を発表し文壇に認められ、評論集『主知的文学論』を刊行して評論家としても注目を浴びました。その後『冬の宿』を発表し、作家的名声を確立。『メルヴィル』『文学論』など数多くの小説、評論、研究、翻訳を発表しました。

岸田　劉生 [きしだりゅうせい]
明治24年（1891）6月23日生まれ～昭和4年（1929）12月20日没／美咲町出身
洋画家。「白樺」に掲載された後期印象派の画家に感銘を受けた作品を多く発表しました。その後、ヒュウザン会を結成。代表作として「麗子像」があり、写実と装飾を一体化した「内なる美」の実現に取り組みました。

本田　増次郎 [ほんだますじろう]
慶応2年（1866）1月15日生まれ～大正14年（1925）11月25日没／美咲町出身
教育家・国際ジャーナリスト。卓抜な英語力を買われ熊本県・東京都などで教職に就き、のち桃山学院副校長、立教女学院校長を歴任。人道教育会の設立を試み多数の翻訳を行い、『フランダースの犬』の原書を初めて日本に紹介しました。

丸山　弓削平 [まるやまゆげへい]
明治40年（1907）3月20日生まれ～平成2年（1990）1月13日没／久米南町出身
川柳家。1949年に弓削川柳社を結成し、柳誌「紋土」を発行。戦後の混乱の中、大衆に広く親しまれる文芸である、川柳による町おこしを提唱しました。また、現在に続く西日本川柳大会を開催するなど、川柳を通じた地方文化の振興に尽くしました。

【教育福祉】

佐野　うめ [さのうめ]
明治元年（1868）生まれ～明治34年（1959）没／津山市出身
看護師。1888年、桜井女学校の付属看護婦養成所を卒業。日本最初の近代看護教育を受けた一人。サンフランシスコで夫と日本人学校を経営するかたわら助産をはじめ、現地の日本人の保健活動に献身しました。

松田　藤子［まつだふじこ］
明治32年（1899）5月2日生まれ～平成元年（1989）10月6日没
／津山市出身
教育者・作陽学園創立者。鹿児島県で生まれる。1930年4月津山市に津山女子技芸学校を創立し初代校長に就任。その後、作陽女子高等学校と改称し財団法人作陽学園の認可を受け初代学園長となりました。また作陽短期大学開設、作陽音楽大学を設立し現在の作陽学園の基盤をつくりました。

田淵　まさ代［たぶちまさよ］
明治18年（1885）12月24日生まれ～昭和51年（1976）4月7日没
／津山市出身
看護師。日赤看護婦留学生第1号として英国ベッドフォード大学に留学し、公衆衛生学を学びました。シベリア出兵時には救護看護婦長としてウラジオストクで活躍。看護師教育に力を注ぎフローレンス・ナイチンゲール記章を受賞しました。

箕作　秋坪［みつくりしゅうへい］
文政8年（1825）12月8日生まれ～明治19年（1886）12月3日没
／真庭市出身
幕末の医師・翻訳官で維新後の教育指導者。維新後は、英学塾「三叉学舎」を開設し、東郷平八郎、原敬らが入門しました。森有礼、福沢諭吉らと「明六社」を興し、また東京師範学校において、中学師範学科の設置を建議して高等師範制度の基礎をつくりました。

瀬島　源三郎［せじまげんざぶろう］
明治23年（1890）6月26日生まれ～昭和54年（1979）9月19日没
／真庭市出身
教育者・大阪産業大学創立者。大阪鉄道学校、大阪第一鉄道学校、財団法人大阪鉄道学校、大阪交通短期大学、大阪交通大学（大阪産業大学）を創立しました。

横山　廉造［よこやまれんぞう］
文政11年（1828）1月4日生まれ～明治17年（1884）3月17日没
／真庭市出身
幕末～明治時代初期の西洋医学者。山田方谷に入門、のち京都に行き、小石玄瑞に入門して西洋流の内外科を、大阪で外科手術を学びました。その後、帰郷して医院を開業しました。書斎の香杏館は現存し、西洋医学の翻訳書などを所蔵しています。

湯槇　ます［ゆまきます］
明治37年（1904）11月10日生まれ～平成3年（1991）4月30日没
／真庭市出身
看護師・看護教育者。日本看護協会副会長、東京大学医学部衛生看護科助教授などを歴任し、1959年から2年間日本看護協会会長を務めました。著訳書に『看護の基本となるもの』『看護論』『ナイチンゲール著作集』などがあります。

綱島　佳吉［つなしまかきち］
万延元年（1860）6月24日生まれ～昭和11年（1936）6月27日没
／新庄村出身
キリスト教（日本組合基督協会）牧師・神学博士。アメリカで5000人以上の悩みを持つ男女の相談相手となる煩悶救済事業を行いました。また、日米友好に奔走し、特にカリフォルニア州での日本人土地所有禁止法をめぐる紛糾の解決に力を尽くしました。

林　芳信［はやしよしのぶ］
明治23年（1890）4月18日生まれ～昭和52年（1977）11月1日没
／鏡野町出身
国立療養所多磨全生園長。東京帝国大学医学部で病理学、細菌学を研究。1941年国立療養所多磨全生園長に就任し、園長としてハンセン病の撲滅・研究に尽くしました。日本皮膚科学会評議員や日本癩医学会幹事などを歴任しました。

河野　稲太郎［こうのいなたろう］
明治8年（1875）7月12日生まれ～昭和14年（1939）5月28日没
／鏡野町出身
開業医・津山市医師会初代会長。苫田郡医師会から分離し結成された津山市医師会の初代会長に就任し、その充実に努めました。また、結核予防活動、津山乳幼児保健所、派遣看護婦会、性病予防事業などの設立や事業推進に会長として尽力しました。

豊福　環［とよふくたまき］
明治6年（1873）3月23日生まれ～昭和7年（1932）3月25日没
／美作市出身
小児科医。東京帝国大学医科大学を卒業。1913年「歯ニ於ケル上皮小体摘出後ノ変化」で東京帝大より医学博士号を授与される。東京の済生会中央病院小児科長を務め、小児科医療に尽力しました。

西田　泰介［にしだたいすけ］
明治43年（１９１０）9月12日生まれ～昭和61年（１９８６）3月10日没／美作市出身
教育者・文部官僚。文部省では社会教育局体育課長などを歴任して、国民体育大会の開催実現やスポーツ振興法の制定などに尽力しました。退官後、東京女子体育大学の学長を務め、体育・スポーツの女子指導者の育成に力を尽くしました。

香山　明［かやまさとし］
明治16年（１８８３）7月3日生まれ～昭和44年（１９６９）6月11日没／鏡野町出身
歯科医。１９１７年東京本郷本町に明華歯科講習所を設立、翌年明華女子歯科医学校と改め、歯科医師教育に尽力しました。１９２２年明華女子歯科医学専門学校、そして１９２４年東洋女子歯科医学専門学校と改称し、多くの歯科医師を養成しました。

西脇　りか［にしわきりか］
明治12年（１８７９）2月2日生まれ～昭和46年（１９７１）3月31日没／津山市出身
教育者。大阪市の初の公選教育委員に選ばれ、戦後の学校復興に貢献しました。のち常盤会短期大学を創立、学長を務めるかたわら、世界平和母性協会長、国際婦人文化協会長などとして幅広く活躍しました。

【科学技術】

大田原　豊一［おおたわらとよいち］
明治22年（１８８９）生まれ～昭和23年（１９４８）6月18日没／津山市出身
衛生学者・医学博士。東京帝国大学附設の伝染病研究所に入り、鼠咬症スピロヘータ、痘毒の研究に従事しました。熊本医科大学の衛生学教授、学長を歴任し、熊本の地方病である流行性腺熱の研究などを行いました。１９２９年鼠咬症の実験研究で学士院賞を受賞。

川村　清一［かわむらせいいち］
明治14年（１８８１）5月11日生まれ～昭和21年（１９４６）3月11日没／津山市出身
植物学者・理学博士。菌類学の研究に従事、特に毒菌に関する研究が著名です。虎斑竹の成因研究が天然記念物保存法制定の起因となり、日本菌類学を大成した功績は大きく、『原色日本菌類図鑑』など多数の著作があります。動物学者の川村多実二、生理・保健学者の福田邦三は実弟。

久原　躬弦［くはらみつる］
安政2年（１８５５）11月28日生まれ～大正8年（１９１９）11月21日没／津山市出身
化学者・京都帝国大学総長。東京大学理学部教授、京都帝国大学理工科大学教授などを歴任。有機化学反応機構を立体化学的に論じた『理論有機化学』で一学風を確立しました。１９１２年京都帝国大学総長となり、草創時代の京都帝国大学の組織づくりに努力しました。

福井　繁子［ふくいしげこ］
明治7年（１８７４）1月21日生まれ～昭和36年（１９６１）7月26日没／真庭市出身
女性医学者。産婦人科を開業するかたわら、大阪医科大学医学部病理学教室で研究。同大から医学博士号（女性としては日本で3人目）を授与されました。また関西女医会会長、日本女医会副会長、大阪女医会会長を歴任しました。

小林　長九郎［こばやしちょうくろう］
明治23年（１８９０）9月19日生まれ～昭和38年（１９６３）6月28日没／勝央町出身
医師・蛇毒研究家。大阪府立医科大学卒業後、開業。蛇毒の研究を始め、１９２６年から母校の生化学教室において研究に没頭。１９２８年『蛇毒の生化学的研究』など16編の論文で博士号を受け、１９５２年日本初の蝮血清の製薬を成功させました。

井戸　泰［いどゆたか］
明治14年（１８８１）9月8日生まれ～大正8年（１９１９）5月4日没／奈義町出身
医学者。１９１６年九州帝国大学医科大学助教授に就任、稲田龍吉とともに黄疸出血性レプトスピラ病病原体を発見し、恩賜賞を受けました。その後、九州帝国大学医科大学教授などを歴任し、『ワイル氏病病原体ノ発見報告』で同大より医学博士の学位を授与されました。

小林　晴治郎［こばやしはるじろう］
明治17年（１８８４）3月3日生まれ～昭和44年（１９６９）10月10日没／美作市出身
寄生虫学者。東京帝国大学動物学選科を卒業後、岡山市周辺の河川の魚から肝吸虫の幼虫メタセルカリアを発見しました。その後伝染病研究所で研究し、１９１１年日本細菌学会賞の浅川賞を贈られました。１９４８年、京都府立医大に日本最初の医動物学教室を開設しました。

正子　重三［まさごじゅうぞう］
明治20年（１８８７）10月21日生まれ～昭和53年（１９７８）1月28日没
／美作市出身
土木技師として、関東大震災で大被害を受けた東京の復興に力を尽くしました。最新の架橋工法を駆使し、萬代橋（新潟県）など多くの橋を架橋、各地の国道の整備を完成させました。戦後は内務省国土局嘱託・ＧＨＱ顧問として都市の復興に貢献しました。

横川　定［よこがわさだむ］
明治16年（１８８３）7月21日生まれ～昭和31年（１９５６）6月18日没
／美咲町出身
寄生虫学者で横川吸虫の発見者。１９１１年に台湾総督府医学校講師に就任。同年台湾の鮎に横川吸虫を発見し、その研究論文により京都帝国大学から医学博士号を授与されました。その後、寄生虫に関する研究を進め、また、台北帝国大学教授ほかを歴任しました。

多田　恵一［ただえいち］
明治16年（１８８３）1月30日生まれ～昭和34年（１９５９）10月17日没
／美咲町出身
探検家。白瀬探検隊の一員として初の南極探検隊に参加し、南極大陸に滞在、学術探検を行いました。帰国後は『南極探検日記』『南洋西ボルネオ』などを出版し、新聞、雑誌の記者などに従事する一方、南洋開発社を設立しました。その後、開南義塾塾頭、開南探検協会長など務めました。

【産業経済】

磯野　計［いそのはかる］
安政5年（１８５８）8月14日生まれ～明治30年（１８９７）12月14日没
／津山市出身
実業家。船舶に食料品、雑貨を納めるかたわら対外直接貿易を行う結社を横浜で創業（翌年明治屋と改称）し、麒麟ビールの一手販売など社業発展の基礎を築きました。また、天然鉱泉の販売、損害保険ブローカーやゴム事業にも取り組みました。

大山　斐瑳磨［おおやまひさまろ］
明治11年（１８７８）9月1日生まれ～昭和25年（１９５０）2月8日没
／津山市出身
実業家・政治家。大蔵省専売局に入局し、北海道専売局長を務めましたが、2年で退官、煙草の元売り会社大山商店を設立しました。のちには衆議院議員選挙に立候補、幻となった「東京万国博」開催の旗頭として奔走するなど政界と実業界にわたって活動しました。

早嶋　喜一［はやしまきいち］
明治33年（１９００）12月28日生まれ～昭和41年（１９６６）2月4日没
／津山市出身
新聞人・実業家。大阪新聞専務取締役、日本工業新聞専務取締役を歴任後、産経新聞社長を務めました。退職後は「旭屋商店」設立、後に書籍小売専業店として「旭屋書店」を設立し日本一に育てました。また、油彩で東光展、二科展に入選し、津山で2回個展が開催されました。

美土路　昌一［みどろますいち］
明治19年（１８８６）7月16日生まれ～昭和48年（１９７３）5月11日没
／津山市出身
新聞人。朝日新聞社入社後、編集総長、常務取締役などを歴任しました。辞任後は顧問となり帰郷、津山市に美土路農場を開きました。その後、日本ヘリコプター輸送会社を設立。社長に就任し、１９６１年には全日空社長になりました。第二次世界大戦後の我が国の民間航空を育てた最大の功労者でした。

米井　源次郎［よねいげんじろう］
文久元年（１８６１）9月16日生まれ～大正8年（１９１９）7月20日没
／津山市出身
実業家。慶應義塾卒業後、又いとこの磯野計が創業して間もない明治屋に入社しました。のち事業を継承して合名会社組織として社長に就任、輸入した商品を揃えて名声を高めました。また、麒麟麦酒株式会社の設立、米井商店や明治ゴム製造所の経営など幅広く活躍しました。

村井　眞雄［むらいまさお］
文久3年（１８６３）11月7日生まれ～昭和7年（１９３２）2月5日没
／津山市出身
実業家。煙草商村井兄弟商会において大阪支店の支配人、のち本店支配人を務めました。株式会社村井兄弟商会が設立されると副社長に就任し、煙草製造業が官営化された後は村井銀行、村井貯蓄銀行の取締役となったほか、関連の帝国製糸、日本電線などの重役も兼職しました。

片山　一男［かたやまかずお］
明治25年（１８９２）3月7日生まれ～昭和28年（１９５３）12月27日没
／津山市出身
政治家・実業家。久米銀行や山陽銀行の支店長、津山土地支配人などを歴任しながら、真珠養殖も手がけ成功させました。その後政界に進出し、岡山県会、衆議院議員に当選しました。戦中～戦後は、丸善石油株式会社に入り、同社の社長・会長を務めました。

山谷　徳治郎［やまやとくじろう］

慶応2年（１８６６）3月21日生まれ～昭和15年（１９４０）5月16日没／真庭市出身

医師・実業家。１８９１年に医学雑誌「国家医学」を創刊。その後清野病院副院長、三共株式会社理事を歴任しました。辞任後は日新医学社と称して「日新医学」を創刊、その他2つの医学雑誌を発行して医学出版界に重きを置きました。また、郷里から推され、１９２４年衆議院議員に当選しています。

堀　文平［ほりぶんぺい］

明治15年（１８８２）2月10日生まれ～昭和33年（１９５８）1月1日没／真庭市出身

実業家。１９３１年大阪莫大小紡織株式会社の社長に就任、明正紡織と改称すると同時に明正レイヨン株式会社を設立し社長を兼任。後に富士紡績と改称して取締役会長となりました。また、東洋加工綿業など数社の取締役に就任し、日本紡績同業会委員長など多くの公職も歴任しました。

永井　政一［ながいまさいち］

明治21年（１８８８）9月23日生まれ～昭和35年（１９６０）11月25日没／真庭市出身

酪農家。酪農の導入に力を注ぎ、60度の傾斜地でも放牧牧野ができることを実証するなど蒜山地区の酪農の基礎を築き、高度集約牧野造成功労者として多くの功績があります。また、真庭郡初の社会党県議会議員に選ばれたほか、湯原町教育委員長なども務めました。

石田　一郎［いしだいちろう］

明治22年（１８８９）11月29日生まれ～昭和40年（１９６５）9月23日没／鏡野町出身

実業家・群是製絲株式会社（現在のグンゼ株式会社）社長。岡山県・鳥取県・長野県で養蚕の指導にあたり、１９１７年群是製絲株式会社に入社。１９５８年には取締役社長に就任しました。ほか、日本婦人靴下協会会長などの多くの公職を歴任しました。

万代　順四郎［まんだいじゅんしろう］

明治16年（１８８３）6月25日生まれ～昭和34年（１９５９）3月28日没／勝央町出身

銀行家。１９３７年三井銀行取締役会長に就任。三井・第一両銀行を合併して帝国銀行を発足させ、取締役頭取、取締役会長を歴任しました。辞任後、東京通信工業の相談役をはじめ、数多くの団体の理事、顧問を務めました。

春名　高義［はるなたかよし］

慶応3年（１８６７）12月16日生まれ～昭和9年（１９３４）3月30日没／美作市出身

新聞人・実業家・雑誌発行者。北海新聞を創刊し、主幹兼主筆として名声を博しました。その後新聞界を辞し、三井銀行合名会社、千代田生命保険相互会社などを経て、１９２２年実業社を創立し、月刊の政治・経済雑誌「実業」を発刊して国家の救済策と産業立国策を提唱しました。

白岩　龍平［しらいわりゅうへい］

明治3年（１８７０）7月生まれ～昭和17年（１９４２）12月27日没／美作市出身

実業家。日清戦争後大東汽船会社を創立し、上海と蘇州、杭州を結ぶ航路を開きました。次いで１９０７年には湖南省内地の航路として湖南汽船会社を創立しました。その後日本郵船麦辺航路、大阪商船長江航路と大東、湖南の4航路を統合して日清汽船会社を創立、専務取締役を務めました。

多賀　寛［たがひろし］

明治29年（１８９６）9月9日生まれ～昭和49年（１９７４）4月18日没／美作市出身

実業家。浦賀船渠株式会社代表取締役社長に就任し、経営難を切り抜け社業発展の土台を築きました。また、引退するまでの間、浦賀玉島デイゼル工業株式会社代表取締役、取締役会長を歴任し、日本造船工業会会長をはじめとした多くの役員、公職も務めました。

松尾　高一［まつおたかいち］

明治21年（１８８８）7月5日生まれ～昭和48年（１９７３）5月19日没／美作市出身

実業家・尼崎信用金庫創始者。尼崎信用組合を設立し、尼崎信用金庫となったのち、死去するまで理事長として活躍し、全国でも屈指の信用金庫に育てました。尼崎商工会議所会頭を務め、全国信用金庫連合会代表理事などの要職も務めました。

岸田　吟香［きしだぎんこう］

天保4年（１８３３）4月8日生まれ～明治38年（１９０５）6月7日没／美咲町出身

新聞人・実業家。我が国最初の邦字新聞「海外新聞」を創刊。また日本最初の従軍記者として現地の情報を伝え、雑報記事の名手といわれ読者を魅了するとともに、日本人離れした風貌と事業手腕により経営活動は多彩を極めました。また辞書『和英語林集成』の編集や、目薬「精錡水」の販売など、多方面に活躍しました。

湛増　庸一 [たんぞよういち]

明治17年（1884）生まれ～昭和16年（1941）5月14日没／美咲町出身

実業家。アメリカミネソタ州へ留学後久米郡倭文東村に実業学校を設置するために奔走し、山本農学校と山本実科高等女学校を開校、両校の校長となりました。その後中国民報常務取締役、美作支社長などを兼務し、産業振興にも力を尽くしました。

矢吹　正誠 [やぶきまさのぶ]

安政6年（1859）12月25日生まれ～明治43年（1910）5月7日没／美咲町出身

鉱山実業家・啓蒙家。久米南条郡大戸下村に郷塾知本館を創立し、後援。また、勝南郡南和気村の下柵原鉱床を譲り受け、地質学の権威者から製鉄原料として有望であると指摘され、柵原褐鉄鉱山と命名しました。1900年には露天掘りを始め、八幡製鉄所へ送りました。これが柵原鉱山の始まりとされています。

山本　唯三郎 [やまもとただざぶろう]

明治6年（1873）11月8日生まれ～昭和2年（1927）4月17日没／岡山市北区建部町出身

実業家。松昌洋行に入社、やがて店主となり開平炭の一手販売を獲得しました。その後船舶業に転身、一躍船成金となりました。1917年には、山本征虎軍と称し朝鮮へ行ったのち、「佐竹本三十六歌仙絵巻」を購入したことで評判が高まり〝トラ大尽〟と呼ばれました。

【政治】

大村　清一 [おおむらせいいち]

明治25年（1892）5月4日生まれ～昭和43年（1968）5月24日没／津山市出身

内務官僚・政治家。内務省入省後、長野県知事、地方局長、神奈川県知事などを務めました。1947年衆議院議員選挙に立候補し当選。以来当選6回、在職14年。内務大臣の時に地方制度を改正して地方分権的自治制度を確立するなど、敏腕な内務官僚として知られました。

苅田　アサノ [かんだあさの]

明治38年（1905）6月21日生まれ～昭和48年（1973）8月5日没／津山市出身

政治家・婦人活動家。第2次世界大戦後の衆議院選挙・岡山一区で県下初の婦人共産党員として当選、1期務める一方、日ソ親善協会などにも参加しました。日本共産党本部では婦人部長、中央委員などを務め、新日本婦人の会の結成の呼び掛け人となり、結成時には代表委員となりました。

黒田　英雄 [くろだひでお]

明治12年（1879）9月2日生まれ～昭和31年（1956）11月1日没／津山市出身

政治家・官吏。大蔵次官、貴族院議員、戦後には参議院議員を務めました。引退後は開成学園理事長など多くの公職を務める一方、郷里の学生のための寮である財団法人鶴山館館長を務め、学生の就職の世話などに奔走しました。

昌谷　彰 [さかやあきら]

明治3年（1870）1月生まれ～？／津山市出身

明治～大正時代の官僚。帝国大学法科大学卒業、内務省に入省。翌年から宮崎県参事官、福井県第一部長などを歴任。東京府内務部長から大分県知事となり、庁内事務の刷新と能率向上などに取りくみました。その後、2度樺太庁長官に就任しました。

平沼　騏一郎 [ひらぬまきいちろう]

慶応3年（1867）9月28日生まれ～昭和27年（1952）8月22日没／津山市出身

司法官僚・政治家。司法省において検事総長、大審院長などを務め、第2次山本内閣では司法大臣を務めました。辞任後貴族院議員、枢密顧問官に任じられ、2・26事件後には枢密院議長に昇格、第1次近衛内閣の後を受け、第35代総理大臣に就任しました。

箕作　麟祥 [みつくりりんしょう]

弘化3年（1846）7月26日生まれ～明治30年（1897）11月29日没／津山市出身

明治時代の法学者。明治新政府に召され開成所などに務め、翻訳活動に精励する一方、啓蒙活動にも力を注ぎました。司法省出仕後には商法編纂委員などを歴任し、民・商法など法典の編成に力を尽くしました。また、欧米の諸法典の研究に努め、我が国に初めてフランス法を移入しました。

安藤　敏之 [あんどうとしゆき]

慶応2年（1866）4月1日生まれ～昭和7年（1932）2月9日没／津山市出身

弁護士・政治家。名古屋の弁護士会長を務め、愛知県会議員・議長、名古屋市会議員などを歴任後、愛知県から衆議院議員に当選。その間明治銀行、名古屋電気鉄道などの法律顧問を務めました。帰郷後は岡山県から衆議院議員総選挙に当選しました。

興津　実［おきつみのる］
弘化2年（1845）1月生まれ～明治16年（1883）6月9日没／津山市出身
旧鶴田藩士。文武両道に優れ、藩の大任を帯びて諸侯の間を往来しました。1869年鶴田藩の権少参事となり、藩の学校長に就任。廃藩置県後は北条県に出仕、学校創設などに当たりました。その後内務官僚などを経て、新潟県庶務課長兼学務課長に転じたが、同地で病気となり39歳の若さで死去しました。

甲本　静［こうもとしず］
明治40年（1907）3月15日生まれ～昭和55年（1980）9月14日没／津山市出身
婦人・社会活動家。京都府で生まれる。全国地域婦人団体連絡協議会副会長などを歴任し、地域婦人会の再建と婦人参政権を身をもって実行しました。生涯を農村婦人組織の育成と婦人の地位向上に尽くしました。

柴田　健治［しばたけんじ］
大正5年（1916）11月14日生まれ～昭和59年（1984）3月9日没／津山市出身
衆議院議員・農民活動家。第2次大戦後農民組合運動を行い、以後農協組合長などを歴任。県議会議員、衆議院議員を4期ずつ務め、国会と地域の両面で活動しました。また、日本消防協会理事・監事を務めるなど、特に消防行政への貢献は大きなものでした。

加藤　平四郎［かとうへいしろう］
嘉永7年（1854）2月23日生まれ～昭和10年（1935）3月18日没／真庭市出身
自由民権運動家・政治家。美作自由民権運動の展開とともに名を現し、1890年第1回衆議院議員選挙で第7区（美作東部）から出馬し当選、以後4期にわたって務めました。また、静岡県知事、山梨県知事を歴任し、1907年から1915年まで甲府市長を務めました。

鳩山　和夫［はとやまかずお］
安政3年（1856）4月3日生まれ～明治44年（1911）10月3日没／真庭市出身
政治家・弁護士・衆議院議長・早稲田大学総長。東京代言人（現在の弁護士）組合長、帝国大学法科大学教授、早稲田大学総長などを歴任。帝大では学位令の発布とともに初の法学博士の学位を受けました。1892年には衆議院議員に選出され、以後19年在職し、衆議院議長などを務めました。

山谷　虎造［やまやとらぞう］
万延元年（1860）生まれ～昭和2年（1927）1月15日没／真庭市出身
政治家・弁護士。明治法律学校を卒業し、栃木県で代言人を開業する。帰郷後、衆議院選挙に出馬しました。1910年に立憲国民党が結成されると、これに加わり同党から衆議院議員選挙に出馬し当選しました。その間阿哲銀行頭取を務めるなど、地域の実業界にも貢献しました。

近藤　鶴代［こんどうつるよ］
明治34年（1901）11月13日生まれ～昭和45年（1970）8月9日没／真庭市出身
政治家。第2次世界大戦後第1回の総選挙に当選。日本自由党に入党後、代議士を7年、参議院議員を12年にわたって務めました。池田内閣では国務大臣（科学技術庁長官、原子力委員長）に就任し、我が国2人目の女性大臣となりました。教育文化行政に力を尽くし、県北の振興に務めました。

水野　君恵［みずのきみえ］
明治30年（1897）2月28日生まれ～昭和62年（1987）12月7日没／勝央町出身
女性解放運動家・地方政治家。倉敷女子小学校などの訓導（教師）を歴任。その後勝間田町役場書記として勤務するかたわら婦人会の育成に尽力しました。のち女性の地位向上を訴えて県議会議員に当選、日本社会党に所属しました。1960年から埼玉県上福岡市教育委員、そして教育長を務めました。

井上　卓一［いのうえたくいち］
明治27年（1894）12月5日生まれ～昭和54年（1979）12月7日没／美作市出身
政治家。朝鮮総督府に勤務後、早稲田大学に入学。弁護士試験に合格して卒業し、弁護士になる。第2次世界大戦後の1946年衆議院議員選挙に岡山全県区から出馬し当選。翌年の選挙で落選するが、その後鳩山一郎内閣で官房副長官などを務め、活躍しました。

小枝　一雄［こえだかずお］
明治34年（1901）7月12日生まれ～昭和50年（1975）6月22日没／美咲町出身
政治家。1936年県会議員に当選。戦後は1947年に国民協同党県支部長として衆議院議員選挙に岡山一区から出馬し、当選。以後衆議院議員6期、参議院議員1期を務めました。「地下足袋の小枝」といわれて農民の支持を受け農林畑一筋に活躍しました。

矢吹　正則［やぶきまさのり］
天保4年（１８３３）生まれ～明治38年（１９０５）10月7日没／美咲町出身
津山松平藩士・地方政治家・地方史家。１８６８年津山藩士の登用され、廃藩置県後は北条県に出仕、地租改正事業を担当しました。その後淑徳館を創設し、館長として中等女子教育に努めました。また公務のかたわら美作地方の地理・歴史の史料の収集・編纂に力を尽くし、『美作略史』など多数の著書があります。

【その他】

朝日　茂［あさひしげる］
大正2年（１９１３）7月18日生まれ～昭和39年（１９６４）年2月14日没／津山市出身
社会運動家。第2次世界大戦後日本共産党に入党し、病院民主化運動に取りくみました。また、厚生大臣を相手取り、日本国憲法第25条に規定する生存権と生活保護法の内容について行政訴訟を起こしました。のちの朝日訴訟と呼ばれる裁判で、生活保護行政の改善に大きく寄与しました。

岸本　鹿太郎［きしもとしかたろう］
明治2年（１８６９）1月9日生まれ～昭和17年（１９４２）9月3日没／津山市出身
陸軍大将。陸軍士官学校卒業後、歩兵少尉に任官し、日清戦争に出征。その後陸軍大学校に入学・卒業し、陸軍戸山学校教官などを務めました。日露戦争終了後は、広島第5師団長、教育総監部本部長などを歴任して、岡山県では2人目の陸軍大将となりました。

黒田　琢磨［くろだたくま］
明治15年（１８８２）9月生まれ～？／津山市出身
海軍中将。日露戦争で金鵄勲章を受章し、戦後機関学校教官を経て海軍大学校を卒業。その後少将に昇格し、舞鶴工作部長、機関学校長などを歴任しました。１９３０年に中将に累進し、翌年佐世保工廠長となりました。また、退役後には浅野製鉄、日本鋼管造船の常務取締役など務めました。

加賀尾　秀忍［かがおしゅうにん］
明治34年（１９０１）1月5日生まれ～昭和52年（１９７７）5月14日没／真庭市出身
僧侶・モンテンルパの父。真言宗大学に進学し、後月郡荏原村（井原市）宝蔵院住職となる。寺務のかたわら金剛峯寺錬成課長などを務めました。のち大僧正に昇進。第2次世界大会後のフィリピンにおける教誨師としての活動で著名で「モンテンルパの父」と呼ばれました。

高峰　秀海［たかみねしゅうかい］
明治26年（１８９３）4月19日生まれ～昭和60年（１９８５）3月9日没／真庭市出身
高野山金剛峯寺４０５世座主・高野山真言宗管長。高野山金剛峯寺の執行第一部長などを歴任し、高野山真言宗の宗務総長に就任。宗団高揚事業に務め、高野山開創１１５０年記念大法会を成し遂げました。また、全日本仏教会副会長、木山村村長を務めました。

松崎　天民［まつざきてんみん］
明治11年（１８７８）5月18日生まれ～昭和9年（１９３４）7月22日没／真庭市出身
新聞人。大阪新報の記者となり、その後都新聞、東京朝日などの新聞で記者生活25年。見出しは当時の第一人者と評され、「新聞界の怪物」と言われました。また、記者生活のかたわら小説、随筆を執筆。『人間世界』などを著し、人間通の名文家として知られました。

澁谷　慈鎧［しぶやじがい］
明治9年（１８７６）8月1日生まれ～昭和22年（１９４７）10月6日没／美咲町出身
第２４９世天台座主。比叡山専修院兼叡山学院長などを務め、延暦寺幹事、執行なども歴任。１９１９年の法華大会に会行事を務め、その余剰金を基礎に資料を保存と公開のために叡山文庫と叡山学寮を創設し、仏教学会に多大な影響を及ぼしました。

高嶋　象山［たかしましょうざん］
明治19年（１８８６）7月10日生まれ～昭和34年（１９５９）11月25日没／美咲町出身
大正から昭和時代の優れた易断家。高嶋易断の開祖高嶋呑象に入門。2代目宗家となり、高嶋姓を継承しました。易学の科学的な分析と研究を目指し、独自の易学研究家として注目され、易断家としても高名でした。また、東京都千代田区区議会議員も務めました。

片山　潜［かたやません］
安政6年（１８５９）12月7日生まれ～昭和8年（１９３３）11月5日没／久米南町出身
社会運動家・国際共産主義運動指導者。我が国の最初のセツルメント「キングスレー館」を開設。炭坑夫組合などを組織する一方、社会主義研究会を組織し普選同盟会幹事としても活躍しました。１９０１年社会民主党を結成、日本における社会主義運動の先駆者となりました。

津山国際環境映画祭
http://www.bltotsuyama.com/eigasai

サステイナブル・ツーリズム総合研究所
http://www.bltotsuyama.com/st

178津山ファンクラブルーム
http://www.momotown.net

美都津山庵
www.bitotsuyama.com

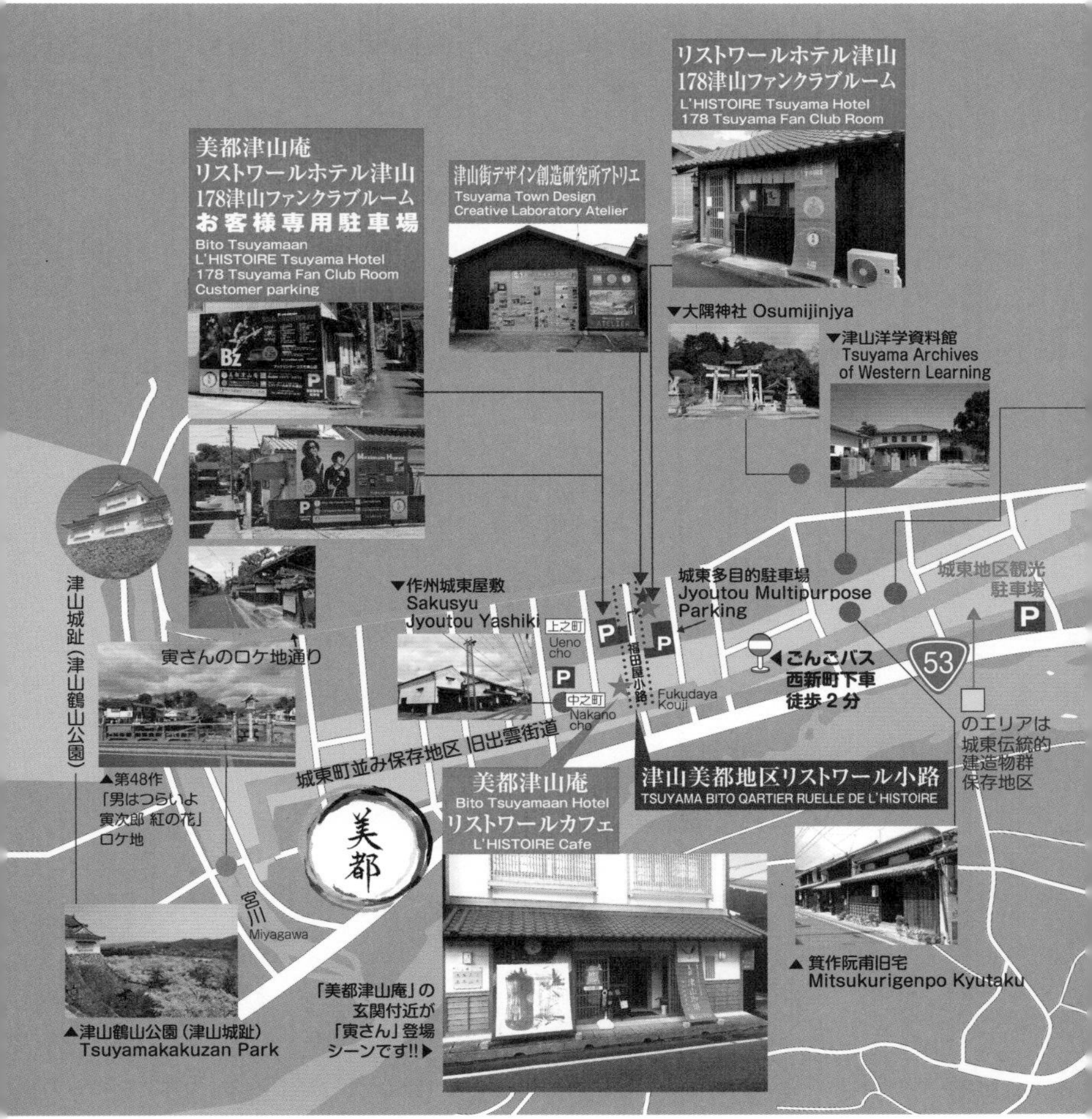

津山街デザイン創造研究所
http://www.momotown.net

津山を世界の武道の聖地に推進本部
http://www.tsuyama-budo.jp

世界に誇る美作国アートゾーン構想実現委員会
http://www.momotown.net

山本 昇（やまもと のぼる）

1958年大阪市生まれ。京都市在住。
岡山県立津山高等学校、早稲田大商学部卒。同志社大大学院総合政策科学研究科博士前期課程修了。北海道大大学院経済学研究科にて現代経営学、立命館大大学院テクノロジーマネジメント研究科博士後期課程にて技術経営を学ぶ。大阪ガス勤務を経て、現在、地域再生、国際交流事業等を手掛ける株式会社リストワールインターナショナル代表取締役会長。早稲田大学マーケティングコミュニケーション研究所招聘研究員。津山市みらい戦略ディレクター。津山モナコ国際文化交流協議会会長。津山国際環境映画祭総合プロデューサー。北海道都市文化デザイン研究所理事長。サステイナブルツーリズム総合研究所専務理事。在日フランス商工会議所（CCIFJ）賛助会員。大阪ガス時代に、輸送用燃料としての天然ガス活用・天然ガス自動車の普及推進を担当。またパリ最古の権威ある料理学校ル・コルドン・ブルーの海外誘致（日本）に世界ではじめて成功。2018年、津山街デザイン創造研究所を設立。所長として「津山を武道の世界の聖地に」「美作国アートゾーン構想」「滞在型映画芸術文化都市・津山」等の実現活動を推進。

小説《しょうせつ》　岡山県立津山高等学校《おかやまけんりつつやまこうとうがっこう》

著者　山本《やまもと》　昇《のぼる》

2021年2月14日　初版発行

発行者　磐﨑文彰
発行所　株式会社かざひの文庫
〒110-0002　東京都台東区上野桜木2-16-21
電話／FAX 03(6322)3231
e-mail: company@kazahinobunko.com
http://www.kazahinobunko.com

発売元　太陽出版
〒113-0033　東京都文京区本郷4-1-14
電話 03(3814)0471　FAX 03(3814)2366
e-mail: info@taiyoshuppan.net
http://www.taiyoshuppan.net

印刷・製本　モリモト印刷

装丁　BLUE DESIGN COMPANY
写真監修　片岡憲治
写真協力　井上博、江見写真館、岡山県立津山高等学校、同校報道部、岡山県観光連盟、©津山市CCBY4.0、奈義町観光協会
編集協力　小坂田裕造、女里山桃花、伊勢田亜希子

ISBN978-4-86723-025-1